CALM

Calm

이토록 고요한 시간

마이클 액턴 스미스 지음 | 정수진 옮김

21세기북스

바쁜 일상 속에서 마음의 평화를 찾는다면

차가 꼬리에 꼬리를 물고 꽉 들어차서 꼼짝도 않는 출근길. 짜증이 치밀어 오르는 그 순간에도 평정심을 유지할 수 있기를. 가족이나 동료가 싸움을 걸어오는 순간에도 아무렇게나 대꾸하는 게 아니라 진지한 대화를 시도하는, 그런 평정심을 유지할 수 있기를. 우리 모두는 일상 속에서 평정심을 유지할 수 있기를 바랍니다. 이미 지나간 과거에 갇혀 스스로를 괴롭히거나, 아직 오지 않은 미래를 걱정하지 않고 편안하게 잠들 수 있는, 그런 평정심을 원합니다. 언제든지 쉽게 마음이 평온해진다면 얼마나 좋을까요? 하지만 사실 정신없이 돌아가는 일상 속에서 마음의 평화를 찾기란 어쩌면 세상에서 가장 어려운 일인지도 모르겠습니다.

왜 그럴까요? 요즘 스트레스와 불안 때문에 힘들다고 호소하는 사람들이 그 어느 때보다도 많습니다. 하루하루 시간을 다투며 살아가는 우리는 핸드폰을 비롯한 디지털 기기를 손에서 떼는 일도 거의 없고, 결국 너무 많은 자극에 압도되어 버립니다. '다음에 해야 할 일'에 지나치게 몰입한 나머지 바로 지금 우리 주변에서 일어나고 있는 일들을 놓치곤 하지요. 완전히 지쳐서 잠자리에 들고, 주말이 돌아오기만을 기다리지만, 막상 주말이 되면 그 주에 해결하지 못한 일을 걱정하거나 다음에 해야 할 일에 대해 생각하며 시간을 보냅니다. 우리 몸에는 근육통부터 극심한 피로감까지 수많은 문제를 일으키는 스트레스 호르몬, 코티졸^{Cortisol}이 과다 분비되고 있습니다. 연구에 따르면, 병원을 찾는 전체 환자의 70퍼센트 이상이 스트레스 관련 문제로 의사를 찾는다고 합니다.

그렇다면, 해결책은 무엇일까요?

답은 마음챙김 명상, Calm

일상 속에서 평온한 마음을 유지하기 위해서는 기본적으로 마음챙김^{Mindfulness}이 필요합니다. 마음챙김은 우리 의식을 깨우고 삶의 매순간에 충실하기 위한 수행법입니다. 마음을 챙기면 자동 조종 장치에 의해 기계적으로 움직이던 삶에서 벗어날 수 있는 지혜가 생기고, 주변에서 일어나는 일과 사람들에게 수동적으로 반응하기보다는 진심으로 대할 수 있는 여유가 생깁니다. 또한 우리 마음과 몸에서 보내는 신호에 민감하게 반응할 수 있게 됩니다.

마음챙김은 정신을 놓아버리거나 세상을 등지는 수행법이 아닙니다. 히말라야에 있는 사원에 들어갈 필요도 없고, 불교로 개종할 필요도 없습니다. 그저 깊게 주의를 기울임으로써 평소 생각 없이 습관적으로 반응하던 패턴에서 벗어나 평온하고 분명하게 생각할 수 있도록 돕습니다. 삶을 바라보는 우리의 시선까지도 바꿀 수 있는, 놀라운 수행법이지요.

마음챙김은 내가 느끼는 감정, 생각, 감각을 인지하고 인정하면서 현재의 순간에 의식을 집중하는 수행입니다. 마음챙김 명상의 대가 존 카바진Jon Kabat-Zinn은 이를 '현재의 순간에 비非판단적으로non-judgmentally 주의를 기울인다'고 표현했습니다.

운동이나 외국어와 마찬가지로, 마음챙김에는 연습이 필요합니다. 처음엔 한 가지 기술로 시작하여 라이프스타일로까지 발전하지요. 마음챙김의 효과가 수많은 과학적 연구를 통하여 입증됨에 따라, 서구에서는 지금 명상혁명The Calm revolution이 빠른 속도로 일어나고 있습니다. 마음챙김 명상을 추천하는 의사와 심리학자가 늘어나고, 명상이 약물 치료를 대신하는 경우도 있습니다. 명상을 하면 어린이들의 집중력이 좋아지고 공감능력과 감성이 발달한다는 연구 결과가 발표되자 일선 학교에서는 명상 시간을 커리큘럼에 포함시키고 있습니다. 구글, 애플, KPMG와 같은 기업에서도 기업 철학에 마음챙김을 반영하고 있습니다.

전 세계적으로 수많은 학자들이 마음챙김을 연구하고 있으며, 이에 따라 과학적인 연구 결과 데이터가 계속 쌓이고 있습니다. 마음챙김 명상의 의학적 효과를 보여주는 연구 결과는 이제 굉장히 많습니다.

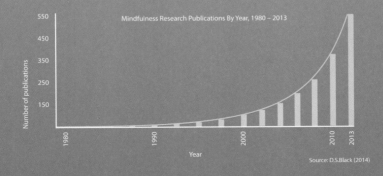

Source: D.S.Black (2014)

마음챙김 명상의 효과

그동안의 연구에 따르면 마음챙김 명상은 생산성 향상, 근무환경 만족도 상승, 문제해결능력 개선에 도움이된다고 합니다. 2012년 미국 의료업계의 한 기업이 4만 9,000명에 이르는 직원을 대상으로 마음챙김 명상과 요가 프로그램을 진행했는데, 이 프로그램의 효과를 연구한 듀크 대학교(Duke University) 연구진은 프로그램 진행 후 직원들의 의료비가 7퍼센트 감소했을 뿐 아니라 직원들이 하루에 무려 65분에 해당하는 생산성 향상을 보였다고 보고했습니다. 인시아드 비즈니스 스쿨(INSEAD Business School)에서도 하루 15분 명상으로 이성적 사고 능력을 강화하고 더 나은 비즈니스 결정을 내릴 수 있다는 연구 결과를 발표했습니다. 그 밖의 연구에서도 마음챙김은 창의성을 개발하고 집중력이나 사고력 향상에 기여한다고 밝혔습니다.

명상은 신체 건강과 정신 건강 모두에 효과적입니다

마음챙김 명상은 혈압을 낮추고 만성 통증을 경감하며 숙면을 돕습니다. 뿐만 아니라 식욕을 조절하고, 심혈관 계통과 호흡기 건강, 면역력 증강에 도움을 줍니다. 코티솔과 같이 인체에 유해한 '스트레스' 호르몬 수치를 낮추고, 뇌의 노화 현상도 막아주는 효과가 있습니다. 꾸준히 마음챙김 명상을 하는 직원들은 다른 직원들보다 질병으로 인한 휴가를 덜 낸다고 하는데, 명상의 효과를 생각하면 그럴 수도 있겠다 싶습니다.

최근 연구에서는 마음챙김과 명상을 함께 수행하는 마음챙김 명상이 우울증이나 불안증 환자에게 약물치료만큼 효과가 있다고 밝혀졌습니다. 주5일 20분씩 명상을 한 중국 학생들이 명상을 하지 않은 학생들보다 불안이나 우울감, 분노를 덜 느꼈다는 연구 결과도 있습니다. 다른 연구에서는 마음챙김으로 사람들의 대인관계가 개선되고 공감능력이 향상되어 정신적인 만족감이 높아졌다고도 합니다.

2005년 미국에서 진행된 연구에서는 마음챙김 명상을 꾸준히 수행한 사람들의 뇌에 실제로 '변화'가 일어났음을 알아냈습니다. 오랫동안 마음챙김 명상을 한 사람들의 뇌는 명상을 하지 않은 사람들보다 주의와 감각 정보를 처리하는 영역이 더 발달했다고 하네요.

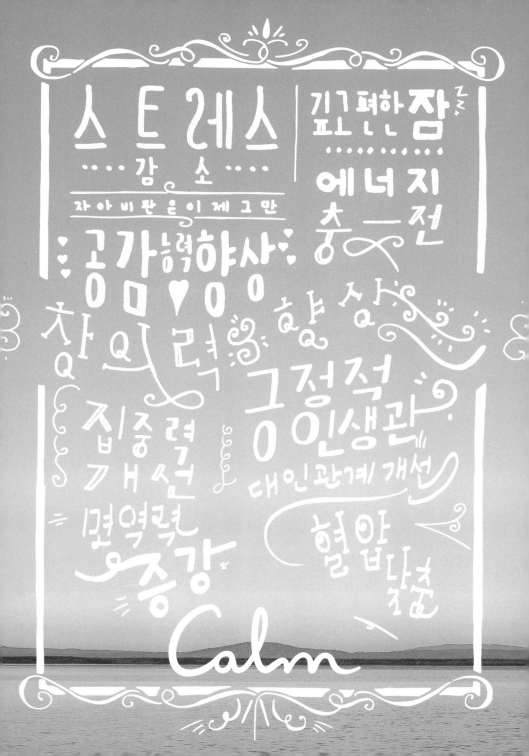

명상하는 방법

명상에 도전해보기로 했다면, 우선 명상을 할 시간과 장소를 정하세요. 시간은 아침 시간이 가장 좋습니다. 깨끗하고 맑은 정신으로 하루를 시작할 수 있고, 하루 전체의 분위기를 좌우하는 시간이 아침 시간대이기 때문이죠.

처음에 시작할 때는 한 번에 10분간 명상하기를 권합니다. 차차 익숙해지면 한 번에 15분, 다음에는 20분으로 시간을 늘리세요. 어쩌다 한 번 길게 명상하는 것보다는 짧게 자주하는 편이 낫습니다.

아무도 방해하지 않는 조용한 장소를 찾아보세요. 등을 쭉 펴고 편안하게 앉은 다음 눈을 감으세요. 손은 손바닥이 아래로 가게 무릎 위에 가볍게 얹거나 무릎 안쪽에 손바닥이 위로 향하도록 자연스럽게 둡니다.

편히 앉아서 자연스럽게 호흡합니다. 들이쉬고 내쉬는 호흡에 주의를 기울입니다. 숨을 들이쉴 때 부풀어 오르고 내쉴 때 가라앉는 배의 움직임에 주의를 집중합니다.

호흡은 자연스러워야 합니다. 인위적으로 바꾸려고 하지 마세요. 그저 주의를 기울이기만 하면 됩니다. 들숨을 들이마시기 시작하는 순간과 들숨이 날숨으로 연결되는 순간에 주의를 기울이세요.

어떤 생각이 떠오르면 그대로 인지하고 사라질 때까지 두세요. 주의가 흐트러졌다면 다시 호흡에 집중하세요.

마음이 편안해지면 의식을 온 몸으로 확장하여 몸 전체에서 느껴지는 감각을 받아들이세요. 감각에 대해 어떠한 판단도 하지 말고, 있는 그대로 느껴보세요. 상황과 감각에 개입하여 바꾸려 하지 말고, 있는 그대로 관찰하세요.

때때로 마음이 흐트러지거나, 걱정거리가 떠오르거나, 과거나 미래에 대한 생각이 떠오를 수 있습니다. 자연스러운 일입니다. 주의가 흐트러졌다면 아무런 판단도 하지 말고 다시 호흡에 집중하세요. 여러 번 주의가 흐트러질 수도 있지만, 괜찮습니다. 계속 호흡에 주의를 기울이세요. 숨을 들이쉬고, 내쉬고, 순간 순간에 집중하면 됩니다.

이 책을 사용 하는 법

『Calm 이토록 고요한 시간』은 자연, 수면, 여행, 관계, 일, 아이들, 창의성, 음식이라는 여덟 장으로 구성되어 있습니다. 하지만 꼭 이 순서대로 읽으실 필요는 없습니다. 중간 중간 마음 내키는 대로 읽거나, 마음에 드는 활동만 골라서 하거나, 읽기가 부담스럽다면 대충 넘겨보아도 좋습니다. 이 책의 목표는 여러분이 일상적으로 마음을 챙기는 습관을 형성하도록 돕는 것입니다. 바쁜 하루 중에 잠시 멈춰 서서, 주변의 즐거움과 아름다움을 느끼고, 현재에 충실한 삶을 살 수 있도록 도와드리겠습니다. 명상과 일기라는 두 축을 중심으로 여러분만의 마음챙김 의식을 만들어보세요. 매일 명상을 하고 일기를 쓰면 일상 속에서 평온한 마음을 유지하는 데 큰 도움이 될 것입니다.

일기 쓰는 법

마음의 평화를 원하는 분들께 마음챙김 의식의 일환으로 일기 쓰기를 권해드립니다. 매일 쓴다면 더 좋겠지요. 글쓰기는 어지러운 머릿속을 비우는 특효약이며, 표면에 드러나지 않은 내면의 소리를 듣고 문제의 본질을 알아보는 자기치유의 과정입니다.

일기를 쓰면 스트레스가 해소되고 자존감이 높아지며 트라우마와 같은 부정적인 경험에서 벗어나는 데 도움이 된다는 연구 결과가 있습니다. 신체 건강에도 도움이 된다니, 놀랍지 않은가요? 텍사스 주립대학교의 제임스 페니베이커[James Pennebaker] 심리학과 석좌 교수는 글쓰기와 면역력의 관계에 대한 연구에서 일기 쓰기가 면역세포 활성화에 기여한다는 점을 밝혀냈습니다. 그러니 정신없었던 하루를 마무리하며 심신을 치유하기에 일기 쓰기만큼 좋은 방법은 없습니다. 마음 속 찌꺼기를 비우고, 내일을 준비할 수 있게 해 주지요.

마음을 담아 쓴 일기는 세월이 흐르면 여러분의 소중한 보물이 될 것입니다. 새뮤얼 피프스[Samuel Pepys], 버지니아 울프[Virginia Woolf], 앨런 베넷[Alan Bennett], 토니 벤[Tony Benn]에 이르기까지 일기로 유명한 문인들을 보면, 이들의 일기가 강력한 흡인력을 갖는 이유는 다름 아닌 글을 쓴 시기의 직접성 때문이었습니다. 일기를 읽는 독자도 작가가 글을 쓰던 시간과 장소로 시간 여행을 하는 듯한 느낌을 받는 거죠. 여러분의 일기도 훗날 이렇게 소중한 역할을 할 것입니다.

이 책 곳곳에 여러분이 직접 적어 넣을 수 있는 일기 페이지를 마련해두었습니다. 망설이지 말고 그날의 일기를 써보세요. 옆 페이지처럼, 매일 세 가지 질문에 대답해보시기를 권합니다. 책에 쓰기 싫다면, 노트 한 권을 마련해서 침대 머리맡에 두고 쓰셔도 좋습니다.

오늘 언제 마음의 평화를 느꼈나요?

....

....

오늘 감사 할 일이 있었나요?

....

....

....

오늘의 · 중요 한 · 사건 세 가지를 뽑아본다면 무엇 인가요?

1. ....

2. ....

3. ....

Calm 앱

이 책을 저희가 개발한 앱 'Calm'과 같이 사용하셔도 좋고, 저희 홈페이지 www.calm.com을 방문해도 좋습니다. 명상은 꾸준히 할 때 가장 효과가 좋기 때문에, 일상 속에서 명상을 습관화할 수 있도록 앱을 개발했습니다. Calm 앱을 이용하면 아름다운 이미지를 보고 잔잔한 음악을 들으며 녹음된 음성 가이드에 따라 편안하게 명상을 할 수 있습니다. 사실 초보자 혼자서 매일 명상을 하기가 쉽지 않지요. 그래서 명상 가이드가 도움이 된다고 하는 사람들도 많습니다.

모든 변화가 그렇듯이, 마음챙김도 익숙해지려면 시간이 필요합니다. 하지만 삶에 주의를 기울이면 기울일수록 즐거움과 보람도 커진다는 깨달음은 금방 얻을 수 있을 것입니다.

마이클 액턴 스미스
Calm 공동 설립자

" 전 언제나 새로운 아이디어, 제품, 회사를 만드는 상상을 하는 것을 좋아했습니다. 그중에서도 가장 엉뚱했지만 비즈니스로 성공한 아이디어는 모시 몬스터(Moshi Monsters)였지요. 카페에서 별 생각 없이 낙서하다 탄생한 모시 몬스터는 이제 인터넷에서 8,000만 명이 이용하는 비즈니스가 되었고, 잡지, 장난감, 책, 음악, 영화까지 영역을 확장했습니다. 그동안의 여정은 그야말로 놀라움의 연속이었지요.

기업가의 삶은 굉장히 즐겁기도 하지만 한편으로는 정신없고, 쉴 시간도 없으며, 소위 '빡센' 삶이기도 합니다. 항상 '전원을 켠' 상태로 살면서, 놓쳐버린 기회를 아쉬워하고 미래에 대한 불안감으로 스트레스를 받지요. 뭔가 중요한 걸 놓칠까봐 휴가도 가지 않았습니다. 잠들기 직전까지 정신없이 이메일 하나라도 더 확인하려고 하다가 핸드폰을 손에 쥔 채로 잠이 들곤 했어요.

누적되던 스트레스와 부담감은 결국 2014년 여름에 터져버렸습니다. 만성 피로와 두통에 시달렸고, 일의 즐거움은 사라지고 가슴이 터지도록 답답함만 남았죠. 이젠 정말 멈추고 한 걸음 물러서야 할 때였어요. 그래서 처음으로 혼자만의 여행을 계획했고, 호주의 산 속, 조용한 호텔로 들어갔습니다. 몇 년 만에 처음 얻은, 숨 좀 돌릴 기회였죠. 한참 돌아가던 세탁기 통 안에 있다가 겨우 멈추기 시작한, 딱 그런 느낌이었어요. 그곳에서 저는 기나긴 거리를 무작정 달려보기도 했고, 테니스를 치기도 했으며, 그동안 많이 들어본 주제였던 '마음챙김'에 대한 책을 쌓아놓고 읽기도 했습니다.

그 전에도 명상에 관심이 있긴 했지만, 그동안은 너무 바빠서 시도해볼 생각을 못했어요. 다른 사람들도 그렇겠지만, 명상하면 떠오르는 신비주의랄지, 미신 같은 느낌 때문에 저 역시 도전하지 못했던 것 같습니다. 사실 가장 큰 문제는, 도대체 제 마음을 조용히 진정시킬 수가 없었다는 겁니다. 자리에 앉아서 눈을 감는 순간 마음의 고삐가 풀려버리고 온갖 생각이 부글부글 올라오더라는 거죠. 전 이게 저만의 문제인 줄 알았는데, 알고 보니 이렇게 끊임없이 들려오는 내면의 소리 때문에 힘들어하는 사람들이 거의 대부분이었습니다.

이런 저에게 가이드를 따라서 하는 명상은 매우 큰 도움이 되었고, 명상을 하면 할수록 마음을 다스리기 쉬워졌습니다. 마음이 단단해지고, 집중이 잘되고, 평온해지자 그로 인한 좋은 점들이 생겨나기 시작했어요. 운동을 하면서 신체 단련에 시간을 쏟는 사람들은 너무나 많죠. 그런데 마음을 단련하고 마음의 힘을 키우기 위해 노력하는 사람은 거의 없다니, 이런 아이러니가 있을까요. 아마도 그래서 세상에는 불행하고, 스트레스에 찌들고, 불안감에 시달리는 사람들이 그렇게 많은 게 아닐까요.

마치 우연히 마법의 힘을 발견한 기분이었습니다. 마음챙김 명상은 동양에서는 수 천 년 동안 존재했지만 서양에서는 최근에서야 주류 문화로 받아들여지기 시작했습니다. 마음챙김에 숨은 과학은 놀라울 따름이며, 이제 우리는 명상으로 인한, 아주 흥미진진한 혁명을 바로 눈앞에 두고 있다고 생각합니다.

저는 완전히 재충전이 되어 런던으로 되돌아왔습니다. 열정이 넘치고, 무엇이든 해볼 자신감이 생겼지요. 새로 알게 된 마음챙김 명상이 혹시 경쟁이 극심한 디지털기술 스타트업 세계에서 방해가 되지 않을까 하는 걱정도 있었습니다. 하지만 결과적으로 전혀 걱정할 필요가 없었어요. 훨씬 집중력이 강해졌고, 에너지가 넘쳤고, 일에 대한 열정을 되찾을 수 있었기 때문입니다.

잠시 물러나서 마음을 가다듬음으로써 비로소 평온한 마음이 얼마나 큰 힘을 갖는지 알게 된 거죠.

마음을 평온하게 하는 명상은 잠시 '전원을 꺼'두거나 복잡한 삶을 회피하려는 시도가 아닙니다. 명상은 우리 뇌의 회로를 바꾸고, 세상을 바라보는 관점을 바꾸어주며, 우리의 가능성을 온전히 발휘할 수 있도록 돕는, 놀라운 힘입니다.

마이클

알렉스 튜
Calm 공동 설립자

저는 십대 때부터 마음의 힘에 관심이 있었습니다. 특히 정신력 향상법에 관심이 많았죠. 기억력 향상법이라든지 아이디어 발상을 위한 창의력 개발법, 주의 집중력 향상법을 여러 가지로 시도해보았습니다. 어떤 기술은 효과가 좀 있기도 했어요. 그러다 다른 방법보다 아주 월등한 효과를 보이는 방법을 찾아냈는데, 그게 바로 마음챙김 명상이었죠.

운동이 신체 건강에 도움이 되는 것과 마찬가지로, 우리 마음을 가다듬으며 시간을 보내는 명상도 아주 다양한 효과가 있었습니다. 그리고 바로 제 책장에 명상 관련 책과 CD를 채워넣기 시작했어요. 매일 명상을 하다 보니, 마음이 평온해지고, 주의력도 향상되고, 행복감도 커지기 시작했지요. 이런 마음의 변화는 마음챙김 명상 때문인 게 분명했어요. 그때 아이디어 하나가 떠올랐습니다. 명상을 도와주는 웹사이트를 만들어보면 어떨까? 웹사이트 방문이 아무래도 CD 구입보다 덜 번거롭잖아요. 그래서 아주 간단하게 프로토타입을 만들어봤는데, 자금이 바닥나는 바람에 아이디어를 접게 되었습니다.

그러고는 곧 제 삶에 드라마틱한 변화가 찾아왔습니다. 대학에 다니면서 '밀리언달러 홈페이지'를 시작했어요. 오로지 백만 달러라는 돈을 벌기 위한 목적으로 만든 웹사이트였습니다. 그저 황당한 아이디어 하나였을 뿐이었는데 정말 대박이 났습니다. 순식간에 '인터넷 셀러브리티'가 되었고, 전 세계 언론의 스포트라이트를 받게 되었죠. 그 시절 하루에 인터뷰를 30개씩 소화하고, 학교 시험공부를 하고, 웹사이트 운영을 도와달라고 제 일에 끌어들인 친구들의 업무를 관리하고 있었습니다.

말로 표현할 수 없을 만큼 신나고, 정신없이 일이 몰아치는 시기였지만, 제 인생에서 아주 중요한 부분이었던 명상을 하지 않게 되었습니다. 학교와 웹사이트 운영을 병행하느라 너무 바쁘다는 이유로 마음을 가다듬는 데 시간을 쓰지 않았습니다. 사실은 마음을 가장 잘 챙겨야 하는 시기였는데도 말이죠.

금세 스트레스와 불만이 찾아왔습니다. 그 당시에는 힘들다고 드러내놓고 이야기하지 못했어요. 하루아침에 백만 달러를 벌어들인 애송이가 바로 우

알렉스

울증에 걸렸다면, 누가 좋게 보겠어요? 감사한 줄도 모른다는 말은 듣고 싶지 않았습니다. 사실 정말 감사했고요.

저는 마음을 다잡고 이런 저런 벤처 사업에 도전하기 시작했습니다. 정도는 달랐지만 성공도, 실패도 있었지요. 그 과정에서 기업가 정신과 삶에 대한 귀중한 교훈을 얻을 수 있었습니다. 기업가의 삶에 얼마나 스트레스가 많은지 여러 경험을 통해 알 수 있었죠. 그러면서 다시 제 마음을 잘 돌봐야겠다는 확신을 얻었습니다.

다시 정기적으로 명상을 하기 시작하고, 샌프란시스코에 있는 친구의 회사에 들어갔습니다. 그리고 경영에서 오는 온갖 스트레스에서 한 발짝 떨어져 있기로 했습니다. 그 과정에서 마음챙김이 얼마나 중요한지 깨달았습니다. 저뿐만 아니라, 모든 사람에게요. 세상은 점점 더 빠르고 정신없이 돌아가고 있습니다. 과도한 업무에 지치고 스트레스 받는 사람들이 너무나 많습니다. 여러 사업을 하면서 성공과 실패를 고루 맛본 저는 스트레스가 사람의 몸과 마음에 얼마나 큰 타격을 주는지 잘 알고 있습니다.

그래서 그 옛날의 아이디어로 돌아오게 되었습니다. 인터넷의 놀라운 힘을 활용해서 명상을 세상에 널리 알려야겠다는 생각을 실행으로 옮길 때가 마침내 온 거죠. 급기야 저의 절친한 친구 마이클 액턴 스미스와 의기투합하여 2012년에 Calm을 설립하기에 이르렀습니다.

저희가 설립한 Calm을 통해 마음챙김 명상을 소개하고, 세상 사람들이 마음의 평화를 누리고 스트레스를 줄이는 데 기여하게 되어 너무나 기쁩니다. 제가 누린 마음챙김의 효과를 여러분도 누릴 수 있기를 바랍니다.

자연에서 보내는 시간은
마음의 평화에 이르는 지름길입니다

자연 속으로 발을 내딛는 순간 우리는 마음의 평화를 얻습니다. 우리 모두가 본능적으로 알고 있는 사실이지요. 고요하고 푸르른 숲 속, 머리 위로 우거진 나무 잎사귀를 부드럽게 두드리는 빗소리. 아름다운 호수를 둘러싼 언덕을 오를 때 들이마시는 상쾌하고 신선한 공기. 한곳에 앉아서 지그시 바라보는, 하늘과 바다가 맞닿은 지점. 이렇게 자연을 대하는 순간, 우리 마음은 금세 평온해지곤 합니다.

영어에서 '자연nature'의 어원은 라틴어 natura입니다. '태어나다'라는 뜻의 라틴어와 뿌리가 같고, '자연적인 성장'을 의미하는 고대 그리스어 phusis와 의미가 같습니다.

아리스토텔레스는 세상을 자연과 '인공artifice', 즉 사람이 개입한 것으로 나눌 수 있다고 생각했습니다. 그 이후로 아리스토텔레스의 세계관에 이의를 제기한 철학자도 많았습니다만, 아리스토텔레스의 주장에는 지금까지도 수긍이 가는 면이 있습니다. '인공'적인 것들은 우리의 삶에 도움을 주기도 하지만, 혼란을 야기하기도 합니다. 우리 손으로 만든 발명품은 우리를 자연으로부터 격리시키고 있지요. 이제 우리는 겨울에도 추위에 떨거나 굶주리지 않으며, 시간을 효율적으로 사용하면서 멀티태스킹을 할 수 있게 되었습니다. 인류를 위해서는 잘된 일이지만, 한편으로 생각해보면 우리는 인류 역사상 그 어느 때보다도 자연과 격리된 삶을 살고 있는 셈입니다.

세계 여러 문화권에서
자연은 영성의 중심에 자리합니다

세계의 영성 문화를 살펴보면, 전통적으로 자연을 중심으로 영성이 발달한 곳이 많습니다. 북미 원주민은 대지^Mother Earth의 '위대한 영혼^Great Spirit'을 숭배했고, 노르웨이 신화에는 우주를 담은 나무가 등장하며, 불화에는 연꽃이 상징적인 의미로 그려졌습니다. 정확하게 돌아오는 자연의 순환 주기는 인간이 자연 속에서 얼마나 보잘 것 없는 존재인지 깨닫게 하고, 변함없는 영원한 진리가 있음을 깨우쳐줍니다. 자연은 영속적이고 인간의 시간에 휘둘리지 않습니다. 그리고 우리의 삶에서 아주 큰 부분을 차지하기 때문에, 자연과의 교감을 잃는 순간 우리 자신의 아주 중요한 부분을 잃어버리게 되지요.

낭만주의 시인들은 자연의 치유 효과를 주장한 것으로 잘 알려져 있습니다. "아름다움이 진리고 진리가 곧 아름다움이다"라는 게 그들의 철학이었지요. 낭만주의 시인에게 자연은 근대 사회의 피로감을 없애주는 강력한 해독제였습니다.

영국의 시인 윌리엄 워즈워스^{William Wordsworth}는
와이 밸리^{Wye Valley}의 기억을 이렇게 노래했습니다.

떠나온 지 오래,
나는 이런 아름다움을 느낄 수 없었네,
눈먼 이의 눈에 풍경이 보이지 않듯이.
그러나 가끔, 외로운 방안,
그리고 마을과 도시의 소음 속에서도,
이곳의 도움이 있었으니
피로에 지친 그 시간,
달콤한 위안이 되어...

워즈워스는 자연을 떠올림으로써 마음의 안정을 얻었고, 자연의 치유 효과를 누릴 수 있었습니다. 이렇게 자연 명상이나, 아름다운 경치에 대한 기억, 공원에서 취하는 잠시의 휴식으로 치유 효과를 얻을 수 있다면, 우리도 어디에 있든 원할 때마다 그렇게 할 수 있습니다.

자연의 치유 효과는 문학 작품 속에서만 나타나는 게 아니라 과학적으로도 입증되었습니다. 연구에 따르면 자연에서 시간을 보내면 정신과 신체 건강에 상당히 유익하다고 합니다. 병원에 입원한 환자는 병상에서 녹지가 보일 때 더 회복이 빠르다고 하며, 시카고의 건물 밀집 지역 빈민가에 녹지를 조성했더니 주민들의 공격적인 행동과 범죄는 감소한 반면 자제력과 정신적인 만족감은 증가했다는 연구 결과도 있습니다. 또한 야외에서 많은 시간을 보내는 아이들이 그렇지 않은 아이들보다 침착하고, 행복하며, 건강하다고 합니다.

"자연의 손길 한 번으로 세상 모든 이가 가까워지는 법."

윌리엄 셰익스피어

'사람은 반드시 느가 매여ㄹ

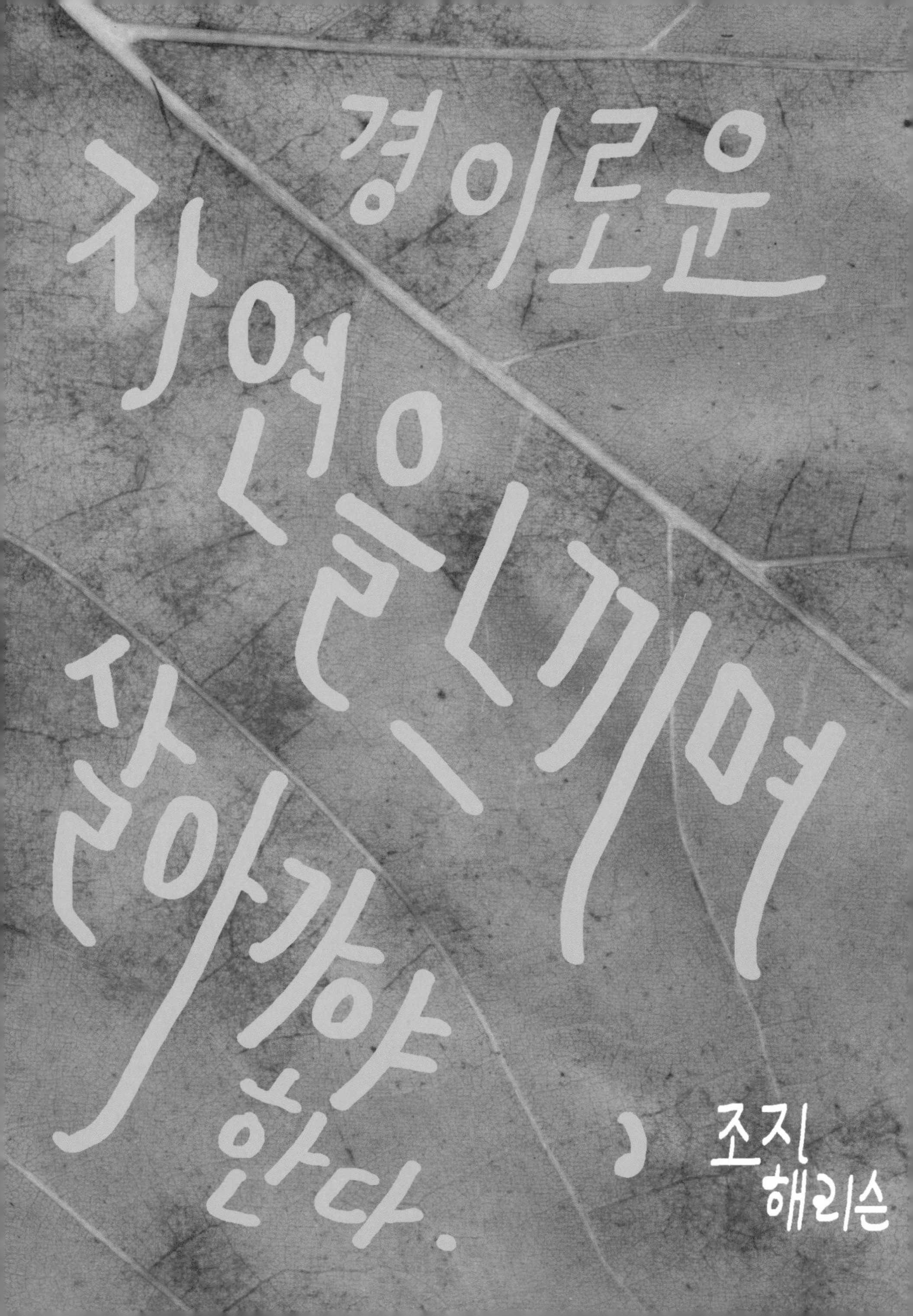

경이로운
자연을
느끼며
살아가야
한다.

조지
해리슨

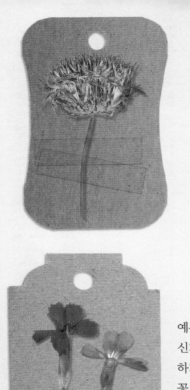

압화의 매력

예쁜 꽃을 그대로 간직하고 싶은 마음에 꺾은 적 있으신가요? 우리 인간은 선사시대부터 꽃을 눌러서 보존하기 시작했습니다. 사실 봉오리로 맺혔다가 피어나는 꽃보다 더 기적적이고 희망찬 현상이 또 있을까요? 두꺼운 판지를 겹겹이 쌓아 놓고 반짝이는 너트와 볼트로 조여서 꽃을 누르는 압화기는 수 백 년 전 아이들뿐 아니라 요즘 아이들에게도 인기만점입니다. 어른들에게도 마찬가지입니다. 방금 딴 꽃에는 오래가지 못하지만 매끈한 광택이 있고, 말린 꽃에는 그와 다른 아름다움이 있습니다. 조심스럽게 누르고 말리는 과정에서 새로운 매력을 갖게 되지요. 꽃을 눌러서 말리는 과정은 시간을 필요로 하지만 인내심을 발휘하는 만큼 만족스러운 결과를 얻을 수 있습니다. (너무 일찍 압화기를 열어보면 꽃이 바스라져 버립니다.) 완전히 마른 꽃은 색이 바래서 그윽하고 빈티지한 멋이 더해집니다. 종이에 싸인 나만의 보물이지요.

"이제 모든 것을 잃고, 지킬 것이 없으니,
남은 것은 제비꽃 눈 같은
마음 속 한 점 고요함뿐."

-D. H. 로렌스

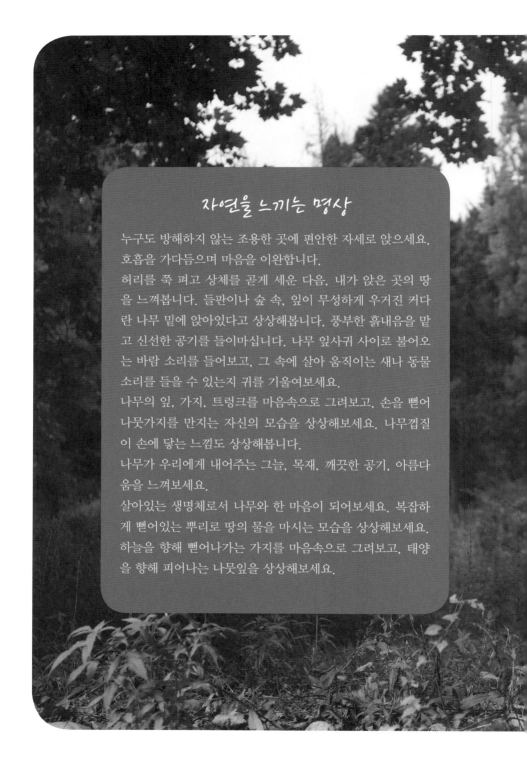

자연을 느끼는 명상

누구도 방해하지 않는 조용한 곳에 편안한 자세로 앉으세요. 호흡을 가다듬으며 마음을 이완합니다.

허리를 쭉 펴고 상체를 곧게 세운 다음, 내가 앉은 곳의 땅을 느껴봅니다. 들판이나 숲 속, 잎이 무성하게 우거진 커다란 나무 밑에 앉아있다고 상상해봅니다. 풍부한 흙내음을 맡고 신선한 공기를 들이마십니다. 나무 잎사귀 사이로 불어오는 바람 소리를 들어보고, 그 속에 살아 움직이는 새나 동물 소리를 들을 수 있는지 귀를 기울여보세요.

나무의 잎, 가지, 트렁크를 마음속으로 그려보고, 손을 뻗어 나뭇가지를 만지는 자신의 모습을 상상해보세요. 나무껍질이 손에 닿는 느낌도 상상해봅니다.

나무가 우리에게 내어주는 그늘, 목재, 깨끗한 공기, 아름다움을 느껴보세요.

살아있는 생명체로서 나무와 한 마음이 되어보세요. 복잡하게 뻗어있는 뿌리로 땅의 물을 마시는 모습을 상상해보세요. 하늘을 향해 뻗어나가는 가지를 마음속으로 그려보고, 태양을 향해 피어나는 나뭇잎을 상상해보세요.

시를 읽는다는 것

자연을 노래한 시인이라면 낭만주의 시인들이 먼저 떠오르지만, 사실 자연에서 영감을 받은 시인은 셀 수 없이 많습니다. 아름다운 언어로 그려낸 예술 작품을 읽다보면 자연스럽게 우리를 둘러싼 자연의 아름다움이 눈에 들어옵니다. 시는 우리에게 엄청난 감흥을 불러일으킬 수 있습니다. 워즈워스는 시는 '고요한 가운데 떠오르는 정서에서 비롯된다'고 주장했지요. 시를 읽으면 마음이 편안해지는 것은 이런 태생적인 특징 때문이 아닐까요.

마음을 정화하고 하고 싶을 때 작품을 찾아보면 좋을 시인들을 추천합니다.

앤 브론테 Anne Brontë
엘리자베스 배럿 브라우닝 Elizabeth Barrett Browning

에밀리 디킨슨 Emily Dickinson
캐롤 앤 더피 Carol Ann Duffy

로버트 프로스트 Robert Frost　토머스 하디 Thomas Hardy

셰이머스 히니 Seamus Heaney　테드 휴스 Ted Hughes

메리 올리버 Mary Oliver
퍼시 비시 셸리 Percy Bysshe Shelly

윌리엄 셰익스피어 William Shakespeare

진 스프래클랜드 Jean Sprackland
윌리엄 워즈워스 William Wordsworth

W.B. 예이츠 W. B. Yeats

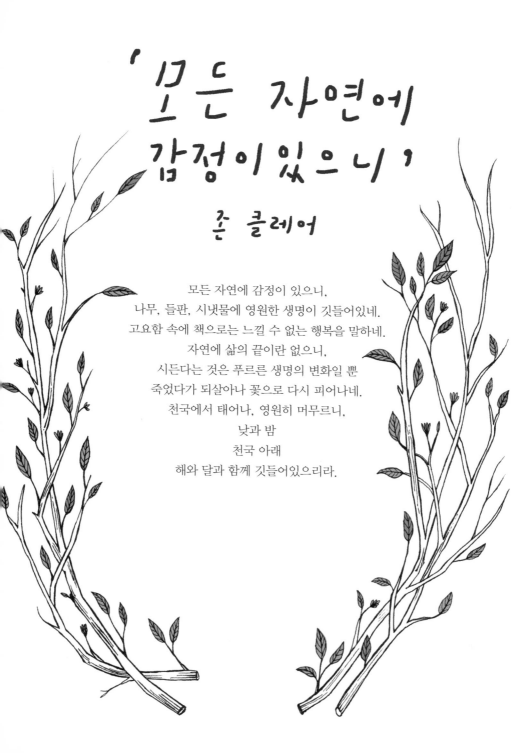

'모든 자연에 감정이 있으니'

존 클레어

모든 자연에 감정이 있으니,
나무, 들판, 시냇물에 영원한 생명이 깃들어있네.
고요함 속에 책으로는 느낄 수 없는 행복을 말하네.
자연에 삶의 끝이란 없으니,
시든다는 것은 푸르른 생명의 변화일 뿐
죽었다가 되살아나 꽃으로 다시 피어나네.
천국에서 태어나, 영원히 머무르니,
낮과 밤
천국 아래
해와 달과 함께 깃들어있으리라.

트리 하우스가 특별한 이유

나뭇잎의 속삭임을 빼고는 아무 것도 들리지 않는 고요함 때문일까요? 아니면 트리 하우스와 함께 떠오르는 유년의 추억, 자연 속으로의 도피, 그리고 자유 때문일까요. 여러분도 다음 페이지에 여러분만의 트리 하우스를 디자인해 보면 어떨까요? 돈이 얼마가 들든 신경 쓰지 말고, 맘껏 상상의 나래를 펼쳐보는 겁니다.

나만의 특별한 트리 하우스

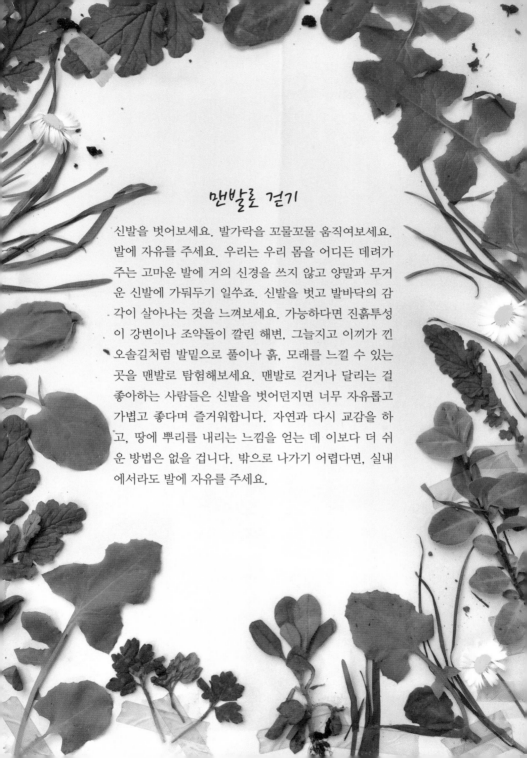

맨발로 걷기

신발을 벗어보세요. 발가락을 꼬물꼬물 움직여보세요. 발에 자유를 주세요. 우리는 우리 몸을 어디든 데려가 주는 고마운 발에 거의 신경을 쓰지 않고 양말과 무거운 신발에 가둬두기 일쑤죠. 신발을 벗고 발바닥의 감각이 살아나는 것을 느껴보세요. 가능하다면 진흙투성이 강변이나 조약돌이 깔린 해변, 그늘지고 이끼가 낀 오솔길처럼 발밑으로 풀이나 흙, 모래를 느낄 수 있는 곳을 맨발로 탐험해보세요. 맨발로 걷거나 달리는 걸 좋아하는 사람들은 신발을 벗어던지면 너무 자유롭고 가볍고 좋다며 즐거워합니다. 자연과 다시 교감을 하고, 땅에 뿌리를 내리는 느낌을 얻는 데 이보다 더 쉬운 방법은 없을 겁니다. 밖으로 나가기 어렵다면, 실내에서라도 발에 자유를 주세요.

심리적 안정을 주는 향

1. 로즈메리가 기억력을 높여준다는 옛 사람들의 믿음은 어느 정도 사실로 입증되었습니다. 2013년 영국에서 진행된 연구에 따르면, 로즈메리 향을 맡은 집단에서는 인지 회상 능력이 75퍼센트까지 증대되었습니다. 마음을 안정시키는 효과도 입증되었습니다. 일본에서 진행된 한 연구에서는 허브 향을 맡으면 코티졸 레벨이 확실히 낮아진다는 점을 발견했습니다. 시험이나 프레젠테이션을 앞두고 있다면 로즈마리의 힘을 빌려볼까요?

2. 재스민 역시 강력한 진정 효과를 갖고 있습니다. 쥐가 들어있는 우리에 재스민 향을 퍼지게 했더니 쥐들이 움직임을 멈추고 가만히 앉아있었다는 연구 결과도 있네요.

3. 라벤더는 여러 연구에서 수면의 질을 높이는 것으로 드러났습니다. 잠자리에 들기 전에 베게에 조금 뿌려보면 어떨까요.

4. 시트러스 향은 항 스트레스 효과가 있습니다. 미국 메이요 클리닉 자원봉사자 집단에게 아로마테라피에 쓰이는 다양한 향을 시향한 결과, 레몬 향이 마음을 편안하게 하는 효과가 있었다고 합니다. 집중력을 높이는 효과도 있다고 하네요. 일상에서 이런 효과를 누리려면 가방에 레몬 에센셜 오일을 조금 가지고 다니면서 회의 전에 심장 박동이 느껴지는 곳에 뿌리면 좋겠습니다.

5. 샌달우드에는 진정 효과가 있는 성분이 있습니다. 그래서 우울증이나 불안감을 누그러뜨리는 데 효과적이죠. 옛날부터 절에서 태우던 향 냄새가 바로 샌달우드 향입니다. 마음챙김 명상을 할 때도 샌달우드 향을 이용해서 마음을 조금 더 편안하게 해보세요.

6. 페퍼민트 오일과 티가 소화기관을 편안하게 한다는 효과는 이미 여러 연구를 통해서 밝혀졌습니다. 페퍼민트 향을 깊게 들이마시기만 해도 마음이 한층 편안해짐을 느낄 수 있지요. 속이 불편해서 고민이라면 페퍼민트 캡슐을 추천합니다.

아름다운 향이 내 삶의 소중했던 순간으로 시간을 되돌립니다

로즈메리

재스민

Fig. 4

Fig. 2

라벤더

Fig. 1

오렌지

Fig. 3

캐모마일

Fig. 7

캐모마일 마음을 편안하게 해주는 캐모마일은 수 천 년 동안 사람들의 사랑을 받았습니다. 캐모마일 꽃의 진정 효과는 수많은 연구로 확인되었으며, 이 때문에 캐모마일 티는 잠들기 전에 마시기에 가장 적합한 차로 알려져 있지요. 오늘밤 자기 전에 캐모마일 티, 어떠세요?

PANTONE 313

PANTONE 312

PANTONE 311

PANTONE 310

PANTONE 3145

PANTONE 3135

PANTONE 3115

PANTONE 3105

PANTONE 2975

PANTONE 2965

PANTONE 2955

PANTONE 2945

PANTONE 3278

PANTONE 3268

PANTONE 3258

PANTONE 3248

다양하고 매혹적인 바다의 빛깔

100년이 넘는 시간 동안 해양학자들은 포렐-율 시스템^{Forel-Ule system}이라는 수색^{水色}단계를 연구에 사용해왔습니다. 포렐-율 시스템은 시시각각으로 변하는 바다의 색을 구분하기 위한 시스템으로, 약간씩 다른 색상의 액체가 담긴 유리 바이알^{vial}과 바다의 색을 일일이 대조하여 얻은 놀라운 정보를 담고 있습니다.

바다에서 관찰되는 색감은 놀라울 정도로 풍부하며 수많은 요인에 따라 달라질 수 있습니다. 구름이 많이 낀 날은 바다도 무거운 잿빛을 띠고, 밝은 대낮의 태양 아래서는 눈부시게 빛나며, 해질녘이면 짙은 푸른색으로 변합니다. 파도 없이 잔잔한 바다도 어디에서 보느냐에 따라 빛에 다르게 반응하는 것처럼 보입니다. 해변에서 보면 빛이 잔잔한 바다 표면에서 반사되어 바다가 마치 거울처럼 은빛으로 반짝입니다. 하지만 높은 절벽 위에서 내려다보거나 등대 전망대에서 내려다보면 빛이 바다 표면을 뚫고 들어가 바다 깊숙한 곳의 청록빛을 드러냅니다. 파도가 몰아쳐서 바다가 일렁이면 물이 철썩이고 물보라가 튀면서 빛이 투과되어 또 다른 색을 빚어냅니다.

해안과 가까운 바다는 조류 생태계가 발달하여 더 녹색을 띠곤 합니다. 조류는 엽록소를 함유하고 있는 미생물로 조류가 분포하는 바다는 초록빛을 띠게 되죠. 계절에 따라 조류 개체수가 증가하면서 때로는 녹조현상처럼 조류가 폭발적으로 증가하기도 합니다. 따뜻하고 잔잔한 기상 조건에서는 조류가 평소보다 빨리 증식하여 바다 색깔이 우유를 섞은 듯 터키색이나 더 심하면 진흙을 풀어놓은 듯 적갈색으로 변하기도 합니다.
영국 콘월 지방의 바다는 특히 조류의 개체수 변화로 바다색이 자주 변한 나머지, 콘월에서 사용한 켈트어에는 이와 관련된 단어들이 있기도 합니다.

glas – 푸른 또는 청록의
arhans – 은빛
gwerwyn – 연한 초록
dulas – 진한 초록
cowsherny – 올리브 색 같은 초록빛 바다, 풍어의 징조

바다는 오늘밤 고요하네.
만조의 바다, 달은 아름답게 해
프랑스 해안 불빛은 반짝이고
잉글랜드의 절벽은 희미한 빛으
고요한 만 위에 솟아있네.

위에 걸려 있으나.

-지는데.

-대하게,

'도버 해안'에서,
매슈 아널드(영국 시인·평론가)

강아지의 힘

흔히 개는 인간의 가장 좋은 친구라고 하죠. 여기에는 다 이유가 있습니다. 애교 많은 강아지와 시간을 보내다보면 마음의 평화에 크게 도움이 된다고 하네요. 미국 UCLA에서 매주 심부전 환자를 방문하는 자원봉사자들을 보고, 자원봉사자가 개를 데려간 경우 어떤 효과가 있는지 연구해보았습니다. 그랬더니 강아지와 함께 시간을 보낸 환자들은 불안 점수가 24퍼센트 감소했다고 합니다. 자원봉사자만 방문했던 환자의 경우 10퍼센트 감소한 것과 대조적이죠. 특히 스트레스 호르몬의 일종인 에피네프린 레벨은 강아지를 데려간 환자의 경우 17퍼센트나 감소했는데, 자원봉사자만 방문한 환자는 2퍼센트 감소에 그쳤다고 합니다.

하늘을 올려다봐야 하는 이유

잠시 멈춰 서서 하늘을 바라보세요. 삶이 너무 답답하게
느껴질 때, 하늘을 바라보면 틀림없이 마음의 평화를 되
찾을 수 있습니다. 구름을 바라보면 어딘지 모르게 어린
아이 장난 같은 즐거움을 느낄 수 있지요. 세상에서 가장
큰 스크린에 내 맘대로 그림('이건 모자', '저건 썰매!')을
그리는 것은, 펜이나 종이 없이 보이지 않는 낙서를 하
고, 아무 부담 없이 모든 가능성을 열어놓고 상상력을 발
휘하며, 지루한 일상에 엉뚱하고 기발한 생각을 허용하
고, 나 자신을 바라보는 관점을 되찾는 일입니다. 마지막
으로 땅에 등을 대고 누워서 하늘을 올려다 본 게 언제인
가요? 지금 하늘에 떠가는 구름이 무엇으로 보이시나요?

두 마리 늑대
체로키 족의 옛 이야기

나이 지긋한 체로키 인디언이 손자에게 말했습니다.

애야, 우리 마음속에는
늑대 두 마리가 싸우고 있단다.

하나는 아주 나쁜 늑대야.
분노, 시기, 질투, 슬픔,
후회, 탐욕, 오만, 자기 연민,
죄책감, 원한, 열등감, 거짓말,
헛된 자존심, 우월감, 자아도취로
가득 차 있지.

다른 하나는 좋은 늑대야.
기쁨, 평화, 사랑, 희망, 평온,
겸손, 친절, 자비,
관용, 공감, 진실을
의미하는 늑대란다.

손자는 잠시 생각하더니
할아버지에게 물었습니다.

누가 더 세요?

할아버지의 대답은 간단했습니다.

"네가 키우고 있는
늑대가 더 세지

DATE

오늘 언제 마음의 평화를 느꼈나요?

오늘 감사할일이 있었나요?

오늘의·중요한·사건 세 가지를 뽑아본다면 무엇 인가요?

Sleep

수면

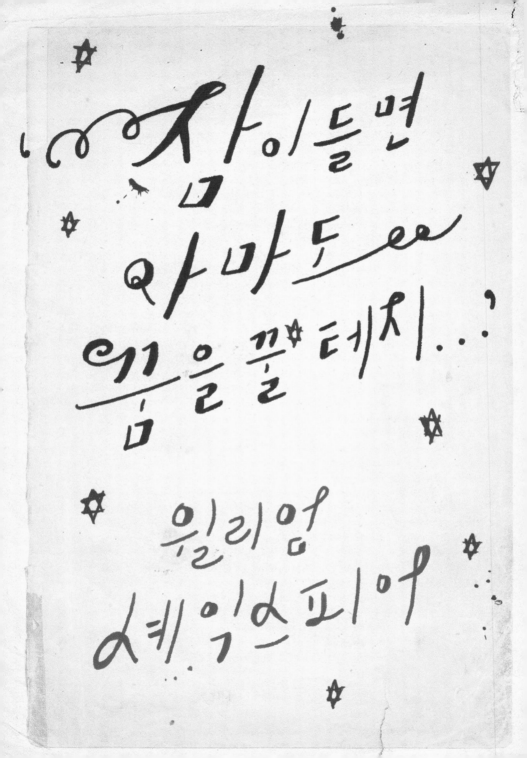

만약 누군가 우리에게 약을 주면서 며칠 안에 마음이 안정되고 활력도 생기고, 공짜인데다 부작용도 없다면, 누구나 선뜻 먹겠죠? 그 약이 우울증을 치료하고, 복부지방을 없애주며, 집중력과 업무 생산성을 높여준다면, 게다가 호르몬 레벨을 정상화하고 면역력 증강에 도움이 된다면, 아마 과대광고라고 생각할 겁니다.

그 약은 다름 아닌 '수면'입니다. 지금 이야기한 효과뿐 아니라 다른 효과도 더 있지요. 그렇지만, 우리에겐 다시보기해야 할 드라마도 있고, 꼭 써야 할 이메일도 남아있고, 정리해야 할 빨래도 있습니다. 그래서 수면이 우선순위에서 밀리지요. 어쩌면 많은 사람들의 마음속엔, '잠보다 더 중요한 일이 있다'는 생각이 뿌리 깊게 남아있는지도 모르겠습니다. 사춘기 시절의 흔적이랄까요. 잠은 언제든지 나중에 '몰아서' 잘 수 있다고 생각하는 거죠. 그래놓고 자지 않을 뿐이고요.

이렇게 우리 몸의 가장 기본적인 필요를 충족시키지 않다보니, 우리 주변에는 휴식을 원하는 몸과 마음을 이끌고 힘겹게 하루하루를 보내는 사람들이 많습니다. 수면이 부족하면 몸도 축 처지고 짜증도 많이 납니다. 일상에서 쉽게 부담감을 느끼고 정상 체중을 유지하는 데 어려움을 겪기도 하지요. 미국에서 진행된 대규모 연구에 따르면, 하루에 5시간 자는 여성들은 7시간 자는 여성들보다 비만일 확률이 15% 더 높았습니다.

수면이 부족한 사람은 제대로 수면을 취한 사람보다 자극에 반응하는 데 더 오래 걸립니다. 수면 부족은 뇌와 피부 노화에도 영향을 끼치지요. 몸이 피곤한 상태에서는 우리가 그토록 바라는 맑은 정신이나 신체적인 에너지를 결코 기대할 수 없습니다. 아무리 강력한 비타민B 피로회복제를 들이키거나 에스프레소를 마신다 해도, 부족한 잠은 채워지지 않으니까요. 부족함을 채우기 위해 우리가 이용하는 설탕, 카페인, 시끄러운 음악, 밝은 조명 등은 우리 몸이 필요로 하는 휴식을 방해함으로써 문제를 더 악화시키기만 합니다.

아마 여러분도 이 정도는 이미 다 알고 있을 겁니다. 습관을 고치기가 힘들 뿐이지요. 습관을 고쳐야겠다는 결심이 서기까지, 좀 더 설득이 필요한 게 아닐까요?

수 면 은

우리 몸은 자는 동안 스스로를 치유합니다. 우리는 수면 중에는 몸이 쉰다고 생각하지만, 우리 뇌의 일부는 깨어있을 때보다 수면 중일 때 더 활발히 활동합니다.

수면에는
자가 치유 효과가 있습니다.

우리 몸과 뇌는 우리가 자는 동안 분주하게 손상된 부분을 치유하고 재건합니다. 세포 증식과 재생을 돕는 성장 호르몬이 분비되고 일부 면역 세포의 생산량이 최고조에 이르지요. 수면은 체중 증가와 관련된 호르몬 분비도 조절합니다. 수면이 부족한 남성들을 대상으로 한 연구는 수면 시간이 줄어들면 식욕을 높이는 호르몬인 그렐린^{ghrelin} 레벨이 높아진다는 점을 알아냈습니다.

수면 중에는 심박 수와 호흡이 느려지고 혈압이 낮아집니다. 뇌파의 주파수도 바뀌지요. 가장 느린 뇌파인 델타파는 우리 몸의 자연 치유 능력과 관련이 있는데, 수면 사이클 중에서도 꿈을 꾸지 않는 가장 깊은 수면 단계에만 나타납니다. 델타파는 깊은 명상 중에도 관찰되며, 스트레스 호르몬인 코티졸 레벨을 낮추는 데도 관여합니다.

만병통치약 이라고 하죠

(괴물이 나오거나 발가벗고 막춤을 추는 황당한 꿈이라도) 꿈은 중요합니다. 심리치료사들은 꿈을 우리 마음 가장 깊숙한 곳에 자리한 불안, 걱정이나 스트레스 요인을 보여주는 창이라고 생각하죠. 꿈 해석의 창시자 칼 융 Carl Jung은 '꿈은 마음의 가장 깊고 은밀한 곳에 숨어있는 작은 문'이라고 했습니다. 그러니 내 꿈을 들여다보면 나 자신을 좀 더 깊이 이해할 수 있을 것입니다. 여러분의 일기에 어젯밤 꿈의 내용을 적어보면 어떨까요? 꿈을 해석할 때는 자유롭게 생각을 펼쳐보세요. 꿈을 해석하는 방법은 다양합니다.

꿈:내영혼

Q 이 전하는 메시지 인가요?

꿈에 나타난 등장인물(실제로 아는 사람이라도)에 내 자신의 단면이 투영된 건 아닌지, 생각해보세요. 그러면 꿈의 해석이 어떻게 달라지는지 살펴보세요. 인터넷과 책에는 수많은 꿈 해몽 정보가 있지만, 사실 우리가 꿈에서 보는 이미지에 특별히 정해진 의미가 있지는 않습니다. 하지만 꿈에서 느낀 감정과 꿈에서 일어난 사건의 디테일을 기록하는 것은 재미있는 작업이 될 수 있지요. 반복적으로 나타나는 주제가 있는지 유심히 살펴보세요. 특별히 스트레스를 느끼는 불안 요소나 마음속 집착의 표현일 수도 있으니까요.

숙면을 부르는

- 잠이 잘 오도록 적절한 소품을 갖춰보세요. 여름철에는 이른 아침 햇빛을 막아줄 수 있는 암막 커튼을 설치하세요. 소음에 민감하다면 귀마개를 준비하면 좋습니다.

- 침실 인테리어는 심플하고 편안한 게 최고입니다. 침실에 옷이나 잡동사니를 쌓아두면 스트레스 지수도 올라갑니다. 일과 관련된 서류도 침실에는 두지 마세요.

- 벽면 컬러는 푸른색 계통이 좋습니다. 아니면 파란색 소품으로 포인트를 주세요. 푸른 빛깔을 바라보면 심박수와 혈압을 낮추는 효과가 있습니다. 은은한 블루 컬러는 마음을 안정시키는 효과가 있습니다.

-

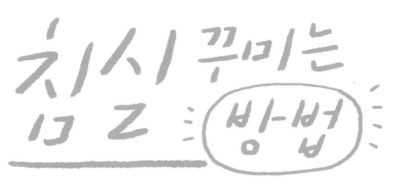

침실 꾸미는 **방-법**

- 침대 주변에는 노트패드나 일기장을 두세요. 할 일이 있다면 내일 아침에 잊어버릴까봐 걱정하지 말고 노트패드나 일기장에 적어두세요. 마음이 편안해집니다.

- 자기 전에 하면 좋은 이완 또는 휴식 명상이나 마음챙김 팟캐스트를 다운로드하세요. Calm 앱에서도 가장 인기 있는 명상은 사용자가 잠들도록 돕는 명상입니다. 음성 녹음된 가이드는 싫고, 잠들기가 어렵다면 침대에 누워서 스트레칭을 하세요. 베게에 머리를 대고 누운 순간 온갖 생각이 떠올라 괴로운 분들에게 특히 효과적입니다.

- SAD 조명을 구입하세요. 아침에 좀 더 편안하게 잠에서 깰 수 있습니다. SAD 조명 빛은 자연광과 유사해서 햇빛 부족으로 인한 겨울철 우울증 완화에 도움이 된다고 합니다. 난데없이 시끄럽게 켜지는 라디오나, 귀를 때리는 자명종 소리를 듣고 일어나는 것보다 훨씬 더 평온하게 하루를 시작할 수 있습니다.

수면을 돕는 명상

먼저 자리에 편안하게 눕습니다. 조용히 의식을 호흡에 집중합니다. 숨을 내쉴 때마다 하루 동안 끌어안고 있던 긴장감이 사라지는 것을 느낍니다. 모든 생각, 불안을 내려놓습니다. 바쁜 하루를 지내고 이제 깊은 수면을 누릴 수 있도록 마음의 짐을 내려놓을 시간입니다. 우리 몸이 스스로 치유하고, 회복되고, 재생할 수 있는 중요한 시간을 앞두고, 마음을 비우고 스스로에게 편안한 휴식을 허락하세요.

해변에 누워있는 우리 모습을 상상해봅시다. 몸 아래 부드러운 모래를 느껴보세요. 살갗에 느껴지는 뜨거운 태양을 느껴보세요. 시원한 바람을 느끼고, 잔잔한 파도 소리를 들으며, 마음을 편안히 가져보세요. 생각과 걱정은 머리 위 하늘로 사라지게 둡니다. 계속 떠오르는 생각들을 내보내고 의식은 다시 호흡에 집중하세요. 우리 몸에 작용하는 중력의 힘을 느끼고 몸이 무거워지는 것을 느낍니다. 이제 평화로운 마음으로, 깊은 잠에 빠져드세요.

적정 수면 시간의 진실

요즘은 대부분 '8시간 수면이 이상적'이라고 상식처럼 받아들이지만, 사실 꼭 맞는 정보는 아닙니다. 아주 흔한 경우는 아니지만, 마가렛 대처처럼 아주 짧은 수면만으로 충분한 사람들도 있습니다. 하지만 일반적으로 7시간에서 7시간 30분 정도가 적당한 기준이 될 수 있습니다. 평균 7시간 정도 자면 사망률이나 이환율이 가장 낮다고 합니다. 반면 9,000명을 대상으로 한 연구에서는 수면 시간이 6시간 미만이거나 8시간을 초과하는 사람들은 기억력이 감퇴되거나 의사 결정 능력이 저해되었습니다. 십대 청소년, 그중에서도 15세에서 19세 청소년들이 가장 많은 잠을 필요로 하는데, 수면 시간으로 9시간 30분 정도가 권장됩니다. 그러니 모두 잠든 한밤중에 SNS의 유혹에서 벗어날 수 있도록, 밤에는 스마트폰 사용을 더더욱 금지해야겠지요.

그리고 주말이면 늦게까지 자는 사람들! 주중 근무가 끝나고 주말에 몰아서 자면 된다고 생각하죠? 하지만 이렇게 주말에 늦잠을 자면 득보다 실이 많습니다. 평소보다 한 시간 정도 더 자면 몸에 무리가 없는데, 1시간 이상 수면 시간이 늘어나면 우리 몸의 생체 리듬(수면시간과 깨어있는 시간을 관장하는 생체 시계, 또는 자연적인 주기)이 깨져서 일요일 밤에 잠들기가 더 어려워집니다. 그래서 월요일 아침에는 해외여행을 다녀온 것도 아닌데 시차 적응하느라 힘들어지는 거죠.

2014년 〈수면 저널Journal of Sleep〉에 발표된 한 연구에서는 일부 사람들에게서 5시간 미만의 수면 시간만으로도 문제가 없는 유전자가 발견되었다고 보고했습니다. 하지만 그런 유전자가 없는 보통 사람들에게는 오후에 잠깐 낮잠 자는 습관이 기분 전환이나 주의 집중에 도움이 될 수 있습니다. 낮잠 시간은 20~30분 정도가 좋습니다. 그보다 길어지면 수면 주기 중 깊은 잠 수면에서 깨어나게 되어 잠에서 제대로 깨지 못하고 비몽사몽인 상태가 될 수 있습니다.

잠들기 전, 마음을 편안하게 하는 스트레칭

근육을 이완하고 몸을 편안하게 풀어주는 체조를 소개합니다. 낮 동안 나를 짓눌렀던 긴장감에서 벗어나 달콤한 잠에 빠져들기 위한 준비를 해보세요.

어깨 돌리기

등을 쭉 펴고 서서 다리는 어깨 넓이로 벌립니다. 팔은 편안하게 늘어뜨립니다. 양쪽 어깨를 앞쪽 위로 당겼다가 돌려서 뒤쪽 아래로 내려놓습니다. 몇 차례 반복하세요. 어깨, 목, 등의 긴장이 풀어집니다.

서서 몸 앞으로 구부리기

선 상태에서 발을 어깨 넓이로 벌립니다. 천천히 허리부터 시작해서 몸통 전체를 땅 쪽으로 숙입니다. 등에 힘이 들어가지 않도록 무릎은 살짝 구부립니다. 양손은 땅에 닿게 두거나 팔을 구부려서 손으로 양팔의 팔꿈치를 잡습니다. 다리를 조심스럽게 펴서 다리 뒤쪽이 당기게 해보세요.

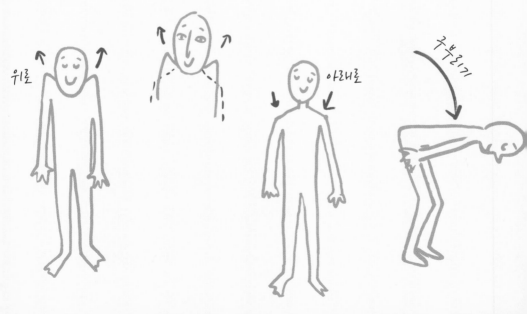

등 스트레칭

등을 바닥에 대고 눕습니다. 오른쪽 무릎을 가슴 쪽으로 당겨서 몸의 왼편으로 넘어가게 합니다. 왼손은 오른쪽 무릎 위에 얹어놓고 오른팔은 쭉 폅니다. 눈은 오른쪽을 보거나 머리를 천천히 옆으로 눕힙니다. 반대 방향도 같은 방법으로 반복하세요. 이렇게 몸을 비틀면서 척추를 부드럽게 늘려봅니다.

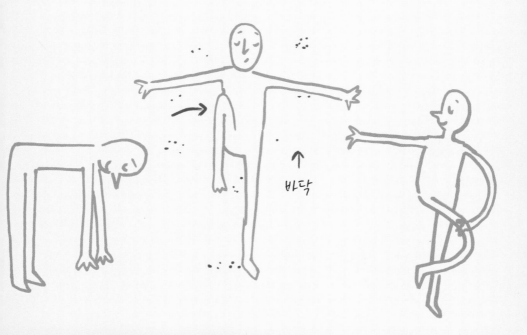

바닥

마음을 챙기는 목욕

사람들은 수천 년 동안 건강과 휴식을 위해 목욕을 즐겼습니다. 고대 로마인들은 목욕을 너무 사랑한 나머지 비즈니스 미팅도 대규모 공중목욕탕에서 했다고 하죠. 요즘은 물리 치료사와 스포츠 치료사들이 치료에 물요법^{hydrotherapy}을 이용하고 있으며, 바닷물의 치유 효과를 이용하여 심신 안정과 활력 증진을 도모하는 해수요법^{thalassotherapy} 스파가 전 세계적으로 인기를 누리고 있습니다.

저녁 시간 목욕은 온전히 혼자서 편안한 순간을 누릴 수 있는 절호의 기회입니다. 수도꼭지를 틀고 흘러나오는 물소리에 주의를 집중하면서 여러분만의 목욕 의식을 시작해보세요. 아로마테라피 버블 배스를 물에 넣고 욕조에 물이 차오르면서 거품이 올라오는 모습을 지켜보세요. 초를 켜고 욕조에서 촛불의 일렁임이 보이는 곳에 두세요. 따뜻한 물에 몸을 담그며 물에 잠기는 몸의 감각을 느껴보세요. 이제 눈을 감고, 깊게 호흡하세요.

1 디지털 기기를 모두 끄는 시간을 정해두세요. 텔레비전, 스마트폰, 컴퓨터 스크린에서 방출되는 빛이 우리 몸의 신체 리듬을 방해한다는 연구 결과가 있습니다. 미국 하버드 대학교 의과대학에서 진행한 연구에서는 디지털 기기에서 나오는 빛의 파장이 수면을 촉진하는 호르몬인 멜라토닌의 분비를 방해한다는 점을 밝혀냈습니다. 잠자리에 들기 전, 최소한 한 시간 전에는 모든 기기와 텔레비전을 끄세요. 대신 독서를 하면 좋은데, 평소 전자책을 즐겨본다면 청색 광선을 필터링하는 앱을 설치하세요.

2 자기 전 음주는 금물입니다. 크리스 이드지코프스키 교수[Pf. Chris Idzikowski]와 런던수면센터의 이르샤드 이브라힘 박사[Dr. Irshaad Ebrahim]는 연구를 통해 자기 전에 술을 마시면 잠은 쉽게 들지만 수면의 질이 나빠진다는 점을 알아냈습니다. REM 수면 시간이 줄어들었고, 술을 마시지 않은 집단과 비교했을 때 수면에 더 방해를 받은 것으로 드러났습니다.

3 주중에 정기적으로 운동하세요. 운동을 전혀 안 하는 사람보다 운동하는 사람들이 숙면을 취한다는 사실은 이미 많은 연구로 입증되었습니다. 하지만 자기 직전에 하는 격렬한 운동은 수면을 방해하니 주의하세요.

4 방의 온도를 낮춰보세요. 숙면에 좋은 온도는 18도입니다. 일반적인 방의 온도보다 조금 낮은 온도이지요. 잘 때 더우면 푹 자기가 어렵습니다.

5 따뜻한 우유를 마셔보세요. 우유에는 트립토판이라는 아미노산이 있는데, 트립토판은 편안함과 안정감을 느끼게 하는 신경전달물질인 세로토닌의 분비를 돕습니다. 우유를 좋아하지 않는다면, 약간의 진정 효과가 있는 허브 차를 마셔보세요. 길초근이나 캐모마일이 좋습니다. 수면에 좋은 허브 차는 여러 가지로 블렌딩해서 판매하고 있으니, 시음을 통해 마음에 드는 차를 찾아보세요.

숙면을 위한 5가지 법칙

잠을 이루지 못할 정도로
걱정할 일이 있을때

양이 아니라 감사할 일을
세어보곤 합니다.
빙크로스비 (BING CROSBY)

아무리 해도 잠이 오지 않는다면, 고요한 자연 풍경을 떠올려보세요. 시골의 전원 풍경도 좋고, 잔잔한 물결이 이는 호숫가 정경도 좋습니다. 이렇게 단순히 자연을 떠올리기만 해도 잠드는 데 도움이 됩니다. 옥스퍼드 대학 연구진은 평화로운 자연 풍경을 떠올린 사람들이 그러지 않았던 사람들보다 평균 20분 정도 먼저 잠든다는 점을 알아냈습니다. 서양에서 잠이 안 올 때 흔히 하는 양 세기는 도움이 되지 않는다고 합니다. 옥스퍼드 연구진에 따르면 양 세기는 오히려 잠들기까지 시간을 늦추었다고 하네요.

DATE

[오늘] 언제 마음의 평화를 느꼈나요?

오늘 감사할 일이 있었나요[?]

오늘의·중요한·사건 세가지를 뽑아본다면 무엇 인가요?

TRAVEL

여행

그때 그 시절,
여행은 곧 낭만이었습니다

예전에는 여행이 참 로맨틱한 경험이었습니다. 비행기를 탄다는 건 화려하고 환상적인 일이었지요. 런던에서 2층 버스를 타고 다닌다는 건 단순히 한 곳에서 다른 곳으로 이동하는 게 아니라 레저 활동이기도 했습니다. 기차 출퇴근에는 고전 영화 〈'밀회^{Brief Encounter}'〉에나 나올 법한 로맨스의 가능성이 열려있었죠. 지금 우리 삶에 백색 소음을 일으키고 있는 온갖 기계 알림음이 사람들을 방해하지 않았던 그 시절, 여행은 사람들이 공상을 하거나, 다른 사람들을 구경하고, 소설책을 읽거나, 낯선 사람과 대화를 시작해 볼 기회였습니다. 이런 평온한 일상을 누릴 기회를 잃어버리다니, 얼마나 슬픈 일인가요.

오늘날 사람들이 매일 출퇴근하면서 길에서 보내는 시간은 하루 중 큰 부분을 차지합니다. (영국에서 최근에 진행된 한 연구에 따르면 영국인 근로자들은 평균 45분 정도를 출퇴근에 쓰고 있습니다.) 그보다 훨씬 더 긴 거리를 출퇴근하는 장거리 출퇴근족의 숫자도 늘어나는 추세입니다. 비교적 좋은 조건의 출퇴근길(짧은 시간 자전거 출퇴근 또는 도보 출퇴근)을 포함해 일터로 향하는 대부분의 출퇴근길은 우리에게 스트레스 요인이 되고 있습니다. 영국 통계청에서 6만 명을 대상으로 진행한 연구에서도 출퇴근을 하는 사람들이 출퇴근을 하지 않는 사람들보다 불안감은 높고 삶에 대한 만족도는 낮은 것으로 드러났습니다. 또한 일에 대한 보람도 적게 느낀다고 합니다.

하지만 사실 출퇴근 스트레스는 출퇴근이라는 행위 그 자체보다 우리의 마음가짐에서 비롯되는 게 많지 않을까요? 출근길 내내 오늘 해야 할 일에 대해 걱정하거나, 근무 시간에 있었던 의견 충돌을 떠올리면서 퇴근한다면, 출퇴근과 여행 자체를 부정적으로 생각하게 되는 것도 당연한 일 아닐까요? (비행기가 지연되거나, 길이 꽉 막히거나, 전철에 냄새나는 승객이라도 탔다면 더욱 더 그렇겠고요.) 출퇴근 스트레스는 우리가 꼭 해결해야 할 아주 중요한 문제입니다. 출퇴근 스트레스가 우리 삶의 다른 영역에도 영향을 미칠 수 있기 때문이죠. 2011년 스웨덴에서는 부부 중 한쪽의 출퇴근 시간이 매일 45분 이상인 경우 이혼할 확률이 40% 더 높다는 연구 결과가 발표되었습니다.

이제 일상에 평온한 안식처가 되어주던 여행의 의미를 되찾을 때입니다. 비행기에 앉아서 창밖을 바라보며 구름을 내려다보고, 잠시 아무 생각 없이 편안한 행복감에 젖을 수 있다면, 어쩔 수 없이 견뎌야 했던 불편한 비행이 마음을 회복시키는 휴식으로 바뀔 수 있습니다. 클래식 음악을 틀어놓고 호흡 훈련을 할 수 있는 차 안이라면, 스트레스와 불안을 불러일으키던 출근길도 멋진 하루의 시작이 될 수 있습니다. 자전거로 출근하는 길도 건강하고 근사한 여행이 될 수 있습니다.

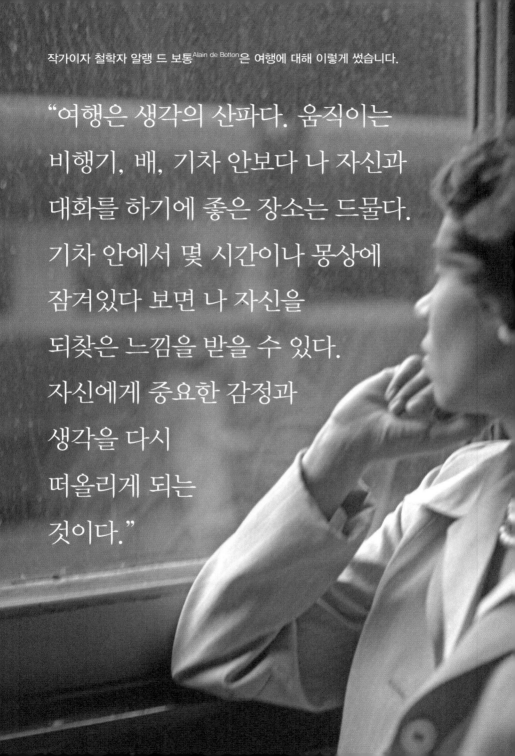

작가이자 철학자 알랭 드 보통^{Alain de Botton}은 여행에 대해 이렇게 썼습니다.

"여행은 생각의 산파다. 움직이는
비행기, 배, 기차 안보다 나 자신과
대화를 하기에 좋은 장소는 드물다.
기차 안에서 몇 시간이나 몽상에
잠겨있다 보면 나 자신을
되찾은 느낌을 받을 수 있다.
자신에게 중요한 감정과
생각을 다시
떠올리게 되는
것이다."

출퇴근길은 나만의 시간을 누릴 수 있는 귀하고도 흔치 않은 기회입니다.

여행, 또는 출퇴근길의 의미를 다시 생각해보면, 그 안에 담긴 특별한 가치를 알 수 있습니다. 여행에는 어차피 끝이 있고, 여행 중인 우리는 여행의 시작점과 끝점 사이 어디엔가 존재합니다. 여행을 통해 아주 드물게 '멈춤'을 경험할 수 있습니다. 애니메이션이 잠시 멈춘 것처럼, 순간의 평화를 누릴 수 있는 기회지요.

출퇴근길에 또다시 혈압이 오르는 상황이 생긴다면, 주변의 소리에 집중함으로써 주의를 분산해보세요. 모든 소리를 단순히 '소음'으로만 여기고 들어보세요. 어떤 생각이 드는지 인지하고, 마음을 스쳐지나가게 두세요. 주의가 흐트러질 때마다 주변 소리에 다시 주의를 집중합니다. 사람들 목소리, 차 소리, 새 소리, 누군가의 스트리밍 앱에서 나는 소리...이렇게 소리에 집중하다보면 평소에 느꼈던 짜증이 올라올 기회가 없을 것입니다.

지상 또는 지하 어디서나 와이파이를 이용할 수 있게 된 후로, 우리는 습관적으로 스마트폰을 확인하고, 노트북 컴퓨터를 열어보고 있습니다. 그러나 이로 인해 더 많은 스트레스를 받고, 잠시라도 평온한 순간을 누릴 기회를 잃고 있습니다.

잔잔한

유능한

만들지

바다는
뱃사람을
않는다

무조건
인사해야 하는
기차에
탑승하셨습니다
누구라도
마주치면

인사해주시기
바랍니다

여행과 출퇴근길을 위한 명상

매일 출퇴근길에서 겪게 되는 스트레스를 완화하려면, 한곳에서 다른 곳으로 이동하는 중에 만나게 되는 모든 사람을 포함해 나 자신을 포용하는 명상을 해보세요. 버스나 전철 안에서도 자리에 앉는 순간 명상을 시작할 수 있죠.

우선 포용하는 마음을 갖는 것으로 시작해볼까요? 다른 사람들을 따뜻한 눈으로 바라보면 됩니다. 어떤 방식으로 이동하든, 내가 원한다면 길을 꽉 메운 자동차나 다른 불편함에 마음이 휘둘리지 않게 할 수 있습니다. 시간에 쫓겨 조급함을 느끼는 대신, 이동 중인 시간을 '지금, 이 순간' 속에서 마음을 이완하는 기회로 삼으세요.

명상 중에 빵빵거리는 소리, 울리는 벨 소리, 다른 어떤 소음이 들린다면 나 자신을 다시 현재로 데려오는 소리라고 여기세요. 마음을 편안히 한 상태에서, 주변 사람들을 있는 그대로, 판단을 개입시키지 말고, 바라보세요. 우리 모두는 어디론가 가려는 공통의 목표가 있다는 점을 기억하세요.

교통체증이 심하거나, 내 옆의 승객이 기침을 하더라도 화가 올라오지 않도록 노력해보세요. 함께 여행하고 있는 동료들에게 어떤 일이 일어나고 있는지, 거리를 두고 관찰한다고 생각하세요. 다른 사람들과 연결되어있다는 느낌을 받는 기회로 삼으세요.

이렇게 포용하는 마음으로 출근길에 오른다면, 출근길 이후의 하루도 완전히 달라질 것입니다.

나만의 섬 꾸미기

자, 이제 나만을 위한 섬을 디자인해볼 시간입니다. 내가 가장 편안한 마음으로 지낼 수 있는 곳으로 꾸며본다면, 어떤 섬이면 좋을까요? 무엇을 그려 넣으시겠어요? 잠은 어디서 자고, 어떤 음악이 들리면 좋을까요? 무엇을 먹고, 어디서 휴식을 취하시겠어요? 통유리창 너머로 푸르른 산을 보며 운동할 수 있는 요가 스튜디오는 어떨까요. 근사하게 수영을 즐길 수 있는 인피니티 풀도 좋겠지요. 수영을 마치고 야자수 나무 그늘에 럭셔리하게 걸려있는 해먹에서 시간을 보내도 되겠네요. 해먹에 누워서 즐길 책들이 가득한 도서관도 있으면 더할 나위 없겠죠.

여러분의 마음을 편안하게 해주는 것이면 무엇이든 이 섬에 적어놓거나 그려보세요. 언제든지 스트레스를 받을 때는 이 페이지로 돌아와서 여러분의 섬을 들여다보세요. 좀 더 자세하게 설명을 써넣거나, 시간이 지나 이 섬에 더하고 싶은 게 생기면 적어보세요.

오늘 출근길은 평소와 다르게
가보면 어떨까요?

우리 마음을 위해서는 오랜 습관에서 벗어나야 합니다. 익숙하지 않은 길로 출근하면 우리 뇌를 깨우고 마치 '자동 조종 장치'에 따라 행동하는 것 같던 패턴에서 벗어날 수 있습니다. 편안하게 느껴졌던 우리 안의 벽을 깨고 나오는 순간, 그동안 모르고 지나쳤던 멋진 건축물이나, 아름다운 나무, 잘 알려지지 않은 미술관, 있는지도 몰랐던 식품점을 만나는 보너스를 얻게 될지도 모를 일입니다.

평소와
다른 길로
출근하기

걷기가 주는 마음 안정 효과는 많은 사람들이 기록으로 남겼습니다. 과거와 현재의 위대한 사상가와 예술가 중 많은 수가 걷기를 즐겼고, 산책을 하면 창의성이 생기고 마음이 평온해진다고 하였습니다. 철학자 프레드리히 니체는 '모든 위대한 생각은 산책 중에 떠오른다'고 하였으며, 작가 윌 셀프(Will Self) 또한 걷기를 예찬하며 걷기에 '세상 속에서 자신을 보게 하는… 본질적으로 확장적인' 특성이 있다고 적었습니다.

우리가 걸을 때면 엔돌핀이라는 신경전달물질이 분비됩니다. 엔돌핀은 진정 효과가 있어서 통증을 경감하고, 긍정적으로 생각하게 하고, 마음을 이완시켜 줍니다. 하루에 20분 또는 30분 동안 걸으면 강도가 약한 진정제만큼이나 진정 효과가 있다는 연구 결과도 있습니다.

영국의 작가 찰스 디킨스는 런던 시내를 오랫동안, 때로는 한밤중에 산책하기로 유명했습니다. 그는 산책이 자신의 정신건강에 큰 도움이 된다고 믿었습니다. '먼 곳까지, 빨리 걸을 수 없게 된다면 나는 아마도 폭발해 버리고 말 것이다.'라고 쓰기도 했지요. 찰스 디킨스가 런던의 밤거리를 누비며 달빛 아래서 관찰한 인간 군상은 그의 에세이 『밤 산책Night Walks』에 잘 드러나 있습니다.

우리는 흔히 '머리를 비우고 싶어서' 또는 '머리를 맑게 하려고' 산책을 가곤 합니다. 걷는다는 행위 자체에는 기운을 북돋아주고 근본적으로 인간다운 느낌이 있습니다. 한 지점에서 다른 지점으로 이동하려는 목표 아래 한 발짝 한 발짝 옮기는 발걸음은 인간이 할 수 있는 가장 단순한 행위인 동시에, 몸을 움직일 수 있는 사람들이 너무나 당연하게 여기는 행위이기도 합니다. 사실 신생아기에서 유아기로 넘어갈 때 가장 많은 축하를 받는 발달 과업이 바로 아이의 걸음마이지요. '자신의 두 발로 땅을 딛고 서는 것'은 무엇보다 우리의 자유 의지를 보여주는 상징적인 의미가 있습니다.

하지만 일상에서 걷기를 습관화하기란 쉽지 않습니다. 걸을 기회를 일부러 만들기 위해 기존 습관 몇 가지를 바꿔야 할 수도 있지요. 전철이나 버스에서 원래 내리던 곳보다 한 정거장 먼저 내려서 걸어보세요. 곧장 집으로 가지 않고 빙 둘러서 돌아가는 방법도 있겠고, 차를 조금 멀리 주차하거나, 점심시간에 평소에 가지 않던 카페로 마실 다녀오는 방법도 있겠네요. 조금 더 걸으려고 노력하다보면, 마음도 평온해지고, 행복해지고, 건강해질 것입니다.

이탈리아의 저녁 산책 문화

'라 파쎄지아타$^{la\ passeggiata}$)는 느긋하게 저녁식사를 마치고 가족들과 동네를 돌아보는 산책을 의미하는 이탈리아어입니다. 뭔가 특별하고 우아한 느낌이 있죠. 정식 행사는 아니지만 다들 산책을 나서기 전에 멋지게 차려입고 상당히 외모에 신경을 씁니다. 이 산책은 사교적인 활동이기도 합니다. 모두가 거리로 나와 산책을 즐기기 때문에 시원한 바람 줄기 사이로 반가운 얼굴 몇 명쯤은 꼭 마주치기 마련입니다. 이 산책은 이탈리아 사람들에게 빼놓을 수 없는 일과로 자리 잡고 있습니다. 어쩌다 한번 있는 특별한 행사나 억지로 해야 하는 의무가 아니라, 평범한 일상 속의 즐거움입니다.

이탈리아의 저녁 산책 문화는 매우 단순하지만 마을의 공동체 의식을 단단하게 만들어주는 중요한 역할을 하고 있습니다. 이웃 주민과 만난 자리에서 즉흥적으로 이야기를 나누는 계기가 되고, 살고 있는 동네에 애착을 느끼는 계기가 되기 때문입니다. 젊은이나 노인 누구나 참여함으로써 세대 간에 소통할 수 있는 기회가 되고 사회적 경계를 무너뜨리는 역할을 하고 있습니다. 하지만 가장 중요한 건, 이 산책 덕분에 사람들이 잠시 긴장을 풀고 쉬면서 평화롭게 하루를 마무리할 수 있다는 점입니다. 특별한 목적지가 없는 짧은 여행이나 다름없죠. '돌체 파 니엔떼$^{Dolce\ far\ niente}$(아무것도 하지 않는 즐거움)'이라는 이탈리아 특유의 감성이 돋보이는 일상이라고 하겠습니다.

CANADA

Lake of the

POSTAGE
STAMP
HERE

가장 빠른 길이 꼭 가장 좋은 길은 아닙니다.

오래 전에 샌프란시스코 출장을 간 적이 있었습니다. 출장을 마치고 콜로라도에 있는 친척집에 가기로 했어요. 본능적으로 노트북을 켜고 비행기 시간을 알아보고 싶어지더라고요. 그때 기차를 타보면 어떨까, 라는 생각이 들었습니다. 기차가 비행기보다 훨씬 오래 걸릴 게 당연하니까 여느 때 같으면 그런 생각을 전혀 안 했을 텐데, 이번엔 꼭 서둘러야겠다는 생각이 들지 않았거든요. 그래서 '암트랙 캘리포니아 제퍼 열차'를 탔는데, 덕분에 제 인생에서 가장 멋진 여행 중 하나로 기억될 여행을 했습니다. 제가 탄 기차는 24시간 동안 로키 산맥과 콜로라도 강을 따라 달렸어요. 기차 칸 하나는 천

장이 유리로 되어 있어서 그 아래서 몇 시간이고 앉아서 아름다운 경치도 구경하고, 몽상도 하고, 낙서도 할 수 있었죠. 마음이 통하는 멋진 사람들도 여럿 만났어요. 스트레스가 가득한 공항이나 비행기 안에서는 그렇게 사람들과 마음을 터놓고 이야기하기가 쉽지 않죠. 마침내 목적지에 도착했을 땐 마음도 편안하고, 푹 쉬고 난 다음 에너지가 제대로 충전된 느낌이었어요. 살면서 비행기는 몇 백 번이나 타봤지만, 지금까지도 가장 자주 떠오르는 건 바로 그 여유로웠던 기차 여행이랍니다.

마이클 액턴 스미스

Rouge

Houston

New Orleans

Tallahas

San Antonio

'미소짓고, 천천히

숨 쉬고, 가라.'

Buddhist mantra
불교 만트라

비행기에서 마음의 평화를 찾는 법

명상 앱을 다운로드하세요

Calm 앱에는 불안 해소에 좋은 명상 프로그램이 준비되어 있습니다.
여기에 귀를 기울이면 밀려드는 불안감을 조절할 수 있습니다.

통계 수치를 알면 마음이 진정될 거예요

비행기는 가장 안전한 교통수단입니다. 자동차보다 22배나
더 안전하죠. 비행기 사고로 사망할 확률은 1,100만분의 일에
지나지 않습니다.

자기 최면을 이용해보면 어떨까요

비행 전에 느끼는 불안감을 해소하는 데 최면술이 효과가 있다는
연구 결과가 있습니다. 비행공포증을 다루는 자기 최면 요법에 대한 책,
웹사이트, 무료 유튜브 동영상도 많이 있습니다.
자신에게 맞는 최면 요법을 알고 싶다면 최면 치료사를
찾아가보세요. 비행공포증 전문 최면 클리닉도 있습니다.

이동 시간은 여유있게 계획하세요

급하게 뛰어다니느라 스트레스를 받으면 비행기를 타기도 전에 코티졸과 아드레날린 수치가 폭발적으로 높아질 거예요. 이동 시간은 넉넉하게 잡고 비행기에 타기 전에 조용히 앉아서 책을 읽을 시간도 염두에 두고 계획하세요.

주의를 다른 데로 돌리세요

주의를 다른 데로 돌리면 마음을 쉽게 이완시킬 수 있습니다. 마음을 편안하게 하는 음악을 듣거나 책을 읽으면 평온한 마음을 되찾을 수 있습니다.

옆 자리 승객과 가볍게 대화해 보세요

옆 자리에 앉은 승객과 이야기를 나누는 것도 불안감에서 주의를 돌리는 좋은 방법이 될 수 있습니다.

Fly Happy

알코올 섭취는 피하세요

알코올을 섭취하면 어지러움이 심해지거나 심박수가 올라가면서 불안 증세가 악화될 수 있습니다. 맑은 정신으로 비행하세요.

에스프레소도 피하는 것이 좋습니다

카페인으로 인한 신체 반응 역시 불안 증세를 악화할 수 있습니다. 비행기에서는 진정 효과가 있는 허브 티를 추천합니다. (직접 티백을 준비하고 비행기에서 뜨거운 물을 달라고 하는 방법도 있습니다.) 차를 마실 때 마음이 편안해지도록 차의 향을 깊이 들이마시는 것을 잊지 마세요.

난기류를 만나더라도 걱정하지 마세요

비행기가 난기류를 만나거나, 서로 다른 속도나 방향으로 움직이는 두 공기 덩어리를 지나면서 흔들리는 순간이 비행공포증이 있는 사람에겐 가장 끔찍한 순간이죠. 하지만 지난 50년 동안 상용 비행기가 난기류 때문에 추락한 일은 없었습니다. 게다가 요즘 비행기는 예전보다도 훨씬 더 튼튼하게 만들어져 있으니 걱정 마세요. 찾아가 보세요.

DATE

오늘 언제 마음의 평화를 느꼈나요?

오늘 감사할 일이 있었나요?

오늘의 · **중요 한** · 사건
세 가지를 뽑아본다면 **무엇** 인가요?

Relationships 관계

일이 끝나면 바로 집으로
달려가 함께 있고
싶을 만큼,
단단하게 두 사람을 묶어주는
유대감.
우리는 모두 이러한 유대감을
느끼고 싶어 합니다.

모든 순간을 함께하고 싶을 만큼 유대감이 강한 관계. 우리는 연인이나 배우자와 이런 관계를 맺고 싶어 합니다. 친구관계에서는 함께 시간을 보내며 깊고 만족스러운 우정을 느끼고, 인내심과 공감을 바탕으로 건강한 가족관계를 이루기를 원합니다. 하지만 현실에서는 이런 관계를 찾기가 쉽지만은 않습니다.

이상적인 연인 또는 부부관계라면, 두 사람의 관계는 세상의 어떤 파도를 만나더라도 쉬어갈 수 있는 정서적인 안식처가 될 것입니다. 사람들 대부분은 상호 존중과 공감에 기반을 둔 편안하고 긍정적인 관계를 원하지요. 하지만 실제 우리 삶에서는 일상에서 경험하는 스트레스가 관계에까지 부정적인 영향을 미칠 때가 너무나 많습니다. 근무 중에 속상한 일이 있었거나, 퇴근길이 너무 힘들었거나, 하루 종일 떼쓰는 아이를 달래느라 진이 빠져버렸다면, 저녁에 집에 돌아온 배우자에게 그 여파가 미치기도 하지요. 여러 연구에 따르면, 인간관계에서 스트레스는 전염되는 경향이 있습니다. 특히 최근 한 연구에서는 스트레스를 받은 배우자 때문에 자신도 스트레스를 느꼈다는 응답이 40퍼센트를 차지했습니다.

명상을 하는 사람들은
생각과 감정 조절에 더 능숙합니다

명상으로 평정심을 찾도록 우리 마음을 단련하면 스트레스가 돌고 도는 악순환을 막을 수 있습니다. 그동안 다양한 연구에서 명상을 통해 (연인, 가족 또는 직장 동료와의 관계를 모두 포함하여) 타인과의 관계를 개선할 수 있음이 입증되었습니다. 명상을 하는 사람들은 생각과 감정 조절에 더 능숙하며, 공감 능력이 높고, 스트레스 대처 능력이 뛰어날 뿐 아니라, 인간관계에 대한 만족도가 높은 것으로 나타났습니다.

마음챙김 명상을 하는 커플은 친밀도가 높고, 상대방을 있는 그대로 받아들이며, 서로의 자유를 존중한다는 연구 결과도 있습니다. 그러니 뒤에 소개하는 '사랑과 친밀감을 느끼기 위한 명상'을 실천하면 부부 또는 커플의 정서적 유대감도 높일 수 있을 것입니다. 2007년에 진행된 한 연구에 따르면, 짧은 시간이라도 이러한 명상을 하면 즉각적으로 타인에게 긍정적인 감정을 느낀다고 합니다. 결국 명상은 우리의 모든 인간관계에 도움이 될 것입니다.

사랑과 친밀감을
느끼기 위한 명상은
육체적인 사랑에도 도움이 됩니다.

프랑스 출신의 승려 마티유 리카르^{Matthieu Ricard}는 행복과 마음챙김에 대한 수많은 저서를 통해 분노가 우리를 지배할 때 어떤 결과가 초래되는지 설명하며 평온한 관계를 유지하려면 명상이 필요하다고 주장합니다. "분노에 사로잡힌 사람은 분노로부터 자신을 분리할 수 없습니다. 자신을 화나게 하는 사람을 보거나 기억할 때마다 분노가 끓어올라서 끝없는 고통의 악순환에서 벗어나지 못하지요. 결국은 고통을 야기하는 원인에 중독되고 맙니다." 문제는 이렇게 부정적인 감정에 빠져들게 되면 자신이 맺고 있는 인간관계도 부정적으로 보게 된다는 점입니다.

반면, 마음이 평온할 때는 좀처럼 하기 어려운 이야기

나 의견의 불일치도 더 쉽게 풀어갈 수 있습니다. 우리는 언성을 높이거나, 짜증을 내며 상대방을 깎아내리거나, 자동 반사처럼 아무 생각 없이 반응하면 타인과의 관계에 장기적으로 아무런 도움도 되지 않는다는 것쯤은 이미 알고 있습니다. 감정적으로 반응하면 이성적인 조절능력은 사라지고 생존을 위해 감정적인 반응을 내놓는 편도체가 우세하게 됩니다. 비상상황을 대비해서 혈압과 심박수가 상승하고 근육이 딱딱하게 굳지요. 이런 상태에서 상대방의 말을 경청하거나, 이성적으로 사고하고, 감정에 치우치지 않은 반응을 보이기란 거의 불가능에 가깝습니다.

그러니 관계에서 우리가 느끼는 감정들을 생각하면 명상의 효용가치는 더욱 분명합니다. 더구나 명상을 통해 우리의 마음이 평온해지면 육체적인 유대감도 강해질 수 있습니다. 1990년대 가수 스팅 덕분에 유명세를 탄 탄트라 섹스는 마음에 집중하는 섹스라 할 수 있습니다. 탄트라 테크닉은 사실 모두 호흡과 감각, 유대감과 관련이 있지요. 마음챙김 자체가 성기능 장애 치료에도 상당한 효과가 있다는 연구 결과도 있습니다. 캐나다 브리티시 콜롬비아 대학의 로리 브로토[Lori Brotto] 부인과학 교수는 여러 연구를 통해 마음챙김이 성적 욕구를 잘 느끼지 못하는 여성들에게 성적 욕구를 불러일으키고 섹스를 즐기는 데 도움이 되었음을 입증하였습니다.

연인이나 부부관계만큼이나 오래 지속되고 우리에게 크나큰 버팀목이 되는 친구관계도 마찬가지입니다. 마음챙김은 나와 배우자의 관계에 도움이 되는 만큼 친구관계에도 도움이 됩니다. 명상을 함으로써 더 좋은 친구가 되어주고, 결과적으로 친구와의 우정에서 느끼는 만족감이 깊어집니다. 심지어 마음챙김 명상이 낯선 사람과 공감하고 소통하는 능력까지도 개선한다는 연구도 있습니다. 한 마디로, 마음챙김 명상을 하다보면 세상이 더욱 친근하고 긍정적인 곳으로 느껴질 것입니다.

사랑이 있는 곳에 생명이 있으니.

마하트마 간디

나만의 타투 디자인하기

실제로 잉크를 내 몸에 새기고 싶진 않더라도, 타투 아트는 나만의 창의성을 발휘할 수 있는 아주 멋진 분야입니다. 사랑하는 사람에게, 또는 나 자신에게 바치는 타투를 디자인해보세요. 아름답고 독특한 타투를 기대하겠습니다.

핸드폰을

사랑하는 사람과 함께 있게 되면, 핸드폰을 꺼 보세요. 상대방에게 집중하고 온 마음으로 그 사람의 말에 귀 기울이세요. 그동안 몰랐던 그 사람의 버릇, 피부 톤, 눈에 비치는 빛을 관찰해 보세요. 그 사람과의 대화에 모든 감각을 집중하세요.

꺼 놓으세요

사랑 나무

이건 사랑 나무입니다. 밖에 나갔다가 나뭇잎이 보이면 주워서 시간 날 때 이곳
에 붙여주세요. 나뭇잎에 마커나 볼펜으로 여러분에게 가장 소중한 이들의 이름
을 적어보세요. 나뭇잎 하나 하나를 나무에 붙일 때, 그들의 얼굴을 떠올리며 사
랑을 담아 축복해보세요. 아이들과 같이 하기에도 아주 좋은 활동입니다. 먼 곳
에 사는 친구나 친척이 있다면 더 추천합니다.

사랑과 친밀감을 느끼기 위한 명상

조용한 곳에 편안하게 앉아서 명상을 할 준비를 합니다.

우정이나 친밀감을 느끼고 타인과 교감하기 위해서는 우선 자기 자신에 대한 깊은 이해가 필요합니다. 나 자신의 가장 소중한 특징이나 자질, 또는 자랑스러운 점을 생각하고 자신을 긍정적으로 바라보세요. 그리고 잠시 이러한 긍정적인 감정을 깊이 느껴보세요.

다음으로는 나 자신에게 들려주고 싶은 긍정적인 말을 생각해보세요. 예를 들어 '행복해지자', '건강해지자', '위험에서 벗어나자' 등 마음속 소리를 듣고 자신에게 가장 의미 있는 말을 찾아보세요. 그리고 그 말을 몇 번 반복해보세요.

나 자신을 따뜻하게 대함으로써 긍정적인 기운을 느꼈다면, 이제 그러한 감정을 바깥으로 표현할 차례입니다. 사랑하는 사람의 이미지를 떠올리고 나에게 했던 축복의 말을 그 사람에게도 해주세요.

명상 시작 단계에서 느낀 나에 대한 사랑을 남에게까지 확장하면서, 내가 느낀 친밀함, 공감, 유대감이 얼마나 커졌는지 인지하고 명상을 마무리합니다.

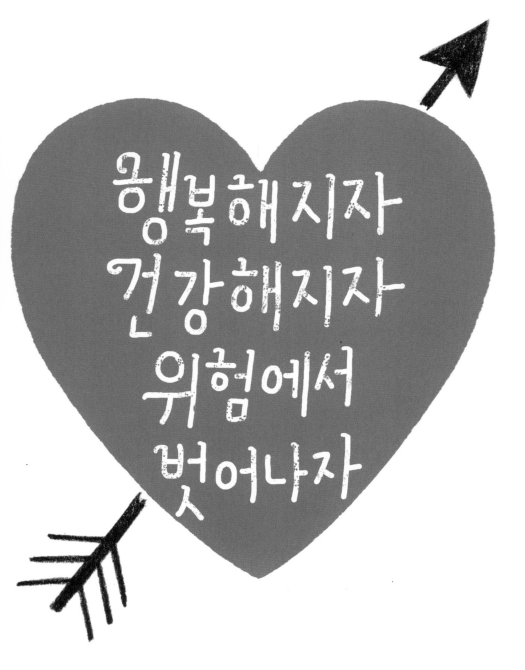

나를 행복하게 하는 사람은 누구인가요?

아래 목록에 여러분의 삶을 가장 행복하게 해주는 사람 10명의 이름을 적어보세요

친구, 영감을 주는 작가나 철학자, 누구라도 좋습니다. 정기적으로 이 목록을 들여다보고 (핸드폰으로 사진을 찍어두면 언제든지 쉽게 꺼내볼 수 있죠), 스트레스를 받을 때마다 이 목록에 있는 사람 중 하나에게 전화를 걸거나 책을 펼쳐서 조언을 구해보면 어떨까요.

1. --------------------------------------

2. --------------------------------------

3. --------------------------------------

4. --------------------------------------

5. --------------------------------------

6. --------------------------------------

7. --------------------------------------

8. --------------------------------------

9. --------------------------------------

10. -------------------------------------

DATE

오늘 언제 마음의 평화를 느꼈나요?

오늘 감사할 일이 있었나요?

오늘의 · 중요한 · 사건 세 가지를 뽑아본다면 무엇 인가요?

Work

일

눈을 감고 가장 완벽한
직장에 있다고 상상해보세요

눈을 감고, 지금 세상에서 가장 완벽한 직장에 있다고 상상해보세요. 충분한 점심시간이 보장되고, 스트레스를 받을 땐 언제든지 명상을 즐길 수 있고, 단체로 조용히 호흡 훈련을 하면서 팀 미팅을 시작하며, 환한 빛이 가득한 데다 온갖 나무와 화초가 보이는 멋진 자리가 내 자리라고 상상해보죠. 회사 직원들을 위한 달리기 클럽이 있고, 회사 안에 요가 수련장도 있고요. 내 의자는 앉은 자세를 교정해주는 특별한 의자면 어떨까요. 꿈에서나 있을 법한 일 같은가요? 놀랍게도, 외국계 기업에서부터 디지털기술 스타트업까지, 직원의 복지를 최우선으로 여기는 많은 기업에서 실제로 이런 근무 환경을 제공하고 있습니다.

허핑턴 포스트 미디어 그룹의 아리아나 허핑턴Ariana Huffington 회장은 그동안 주목받지 못했던 직원의 '웰빙'이 화두가 된 이유는 기업에서 마침내 웰빙의 중요성을 알아봤기 때문이라고 말합니다. "(웰빙이야말로) 직원들의 행복감과 보람, 생산성, 창의성, 그리고 당연히 기업의 이윤을 높이는 가장 좋은 방법이며 사실상 유일한 방법입니다. 개인뿐 아니라 기업, 커뮤니티, 나아가 지구를 생각해서도 앞으로 지속가능한 유일한 방법이기도 합니다."라고 허핑턴은 주장합니다. 마음챙김의 효과를 굳게 신봉하는 허핑턴은 허핑턴 포스트 사무실에 명상실을 마련했습니다. BP(영국 대형 석유업체)와 이베이eBay도 사무실에 명상실을 두고 있으며, 골드만 삭스는 명상 공간을 제공하고 있습니다. 세계를 선도하는 회계 기업이나 제약 회사를 비롯, 구글, 페이스북, 엣시Etsy(핸드메이드 용품 온라인쇼핑몰) 같은 기술 기업 임직원들도 명상 문화를 받아들이고 있습니다.

연구 결과를 보면, 이러한 변화는 분명히 긍정적인 효과가 있습니다. 많은 사람이 모여서 창의성, 재능, 아이디어와 기술을 모을 때, 자신의 감각과 느낌에 집중하게 하는 마음챙김 명상은 생산성을 높이는 데 꼭 필요한 전제조건과도 같습니다. 이제 직원들의 업무 만족도를 높이려는 기업들은 앞다투어 직원을 행복하게 하는 기업 문화를 추구하고 있습니다. 어떤 상황을 '함께한다'는 느낌은 조직을 끈끈하게 엮어주는 역할을 하며, 이러한 느낌은 마음챙김으로 공감 능력과 자기 인지 능력을 높일 때 얻을 수 있습니다. 꼭 많은 돈이나 시간을 투자해야만 직장에 명상 문화를 도입할 수 있는 것은 아닙니다. 아주 쉽게, 매일 짧은 시간 동안 명상을 하거나 마음챙김 팟캐스트를 듣기만 해도 되기 때문이죠.

'집중과 단순함은
제 만트라입니다. 단순함이 복잡함보다
더 어려울 수 있습니다. 많은 노력을 통해
생각을 정리해야 단순함에
이를 수 있기 때문입니다.'
—스티브 잡스

기업인들은 흔히 마음챙김 명상이라고 하면 직원들이 명상에 취해 업무에 최선을 다하지 않을까봐 불안해합니다. 하지만 2012년에 미국 연구진이 기업 인사팀 직원들을 대상으로 진행한 연구에서는 이와 반대로 8주간 마음챙김 명상 훈련을 받은 직원들의 집중도가 더 높다는 결과가 나왔습니다. 기억력과 집중력 모두가 향상되었고요. 마음이 평온해지면 창의적인 생각을 할 수 있는 여유가 생기고, 업무를 방해하고, 파괴적이며, 습관적으로 떠오르는 부정적인 생각에 주의를 기울이지 않게 됩니다.

이렇듯 기업 문화가 달라지면서, 유연한 근무 환경을 조성하기 위해 파트타임 근무를 허용하거나 유연근무제 등을 도입하는 기업들이 늘어나고 있습니다. 사무실 디자인도 달라지는 추세입니다. 건축가 셀가스 카노^{Selgas Cano}가 영국 런던에 설계한 세컨드 홈^{Second Home} 쇼어디치 사무실은 기업가와 기업을 위한 창조적인 공간으로, 투명한 아크릴 벽이 곡선으로 휘어있고, 바깥에는 온갖 식물이 우거져있으며, 사무실에는 셰프가 상주하며 건강하고 맛있는 음식을 선보입니다. 마음가짐과 접근법에 그치지 않고 미학적으로 또 인체공학적으로 편안한 물리적인 환경을 제공하려는 노력에서 앞선 사례라고 하겠습니다.

하지만 이렇게 트렌디하고 미래지향적인 건물에서 일하지 않더라도, 직장에 대한 만족감을 높일 수 있는 방법은 많습니다. 꾸준한 명상 외에도, 평온한 마음을 유지하기 위해서는 휴식과 생산성 사이에 꼭 맞는 균형점을 찾는 것이 가장 중요합니다. 대기업에서 동료들과 상호작용하고 회의에 참석해서 브레인스토밍을 하며 협업을 하든, 혼자 컴퓨터 앞에 앉아서 집중력을 발휘하고 생각과 아이디어를 정리하며 독립적으로 지적 능력을 발휘하든, 반드시 균형점을 찾아야 합니다. 어떤 직업이든, 하루 일과 중에 쉬는 시간이 몇 번 있으면 창의력과 집중력이 향상된다는 연구 결과가 있습니다. 뇌가 자극에 예민해지고, 자극을 잘 받아들이며, 상상력을 잘 발휘한다는 거죠.

하루 일과에 휴식 시간을 몇 번 넣어보세요 창의력과 집중력 향상에 도움이 됩니다

앨버트 아인슈타인은
자전거를 타다가
상대성 이론을 처음 생각해냈습니다

찰스 디킨스부터 찰스 다윈에 이르기까지, 자신의 일에 매진하면서 휴식도 종교처럼 중시했던 위인들이 많습니다. 윈스턴 처칠은 낮 12시 이후에 일하는 일이 드물었다고 하고, 빅토르 위고는 오전에는 글을 쓰고 오후에는 버스 여행을 다니거나 지인들과 점심을 즐겼다고 합니다. 앨버트 아인슈타인은 자전거를 타다가 상대성 이론을 생각해냈고, 미국의 작가 레이 브래드버리^{Ray Bradbury}는 형편이 어려웠던 젊은 시절 도서관에 앉아서 30분씩 몇 차례에 나누어 『화씨 451도(Farenheit 451)』라는 작품을 써내려갔습니다. 10센트를 내면 도서관에 비치된 공용 타자기를 30분 동안 사용할 수 있었기 때문이었는데, 시간제한이 놀라운 결과를 빚어낸 셈이지요.

우리의 뇌는 다른 근육과 마찬가지로 많이 쓰면 피로감을 느끼고, 원기를 회복하려면 휴식이 필요합니다. 2011년 미국에서 진행하고 국제학술지 「인지 저널^{Journal Cognition}」에 발표된 한 연구에서는 참가자들에게 컴퓨터 앞에 앉아서 50분 동안 집중하여 반복적인 작업을 수행하도록 했습니다. 이때 두 차례 짧은 휴식시간을 주고 마음대로 아무 생각이나 하도록 허용한 참가자 집단은 주어진 작업에 집중할 수 있었습니다. 그러나 휴식시간 없이 작업하도록 한 집단은 시간이 지날수록 점차 집중력이 흐트러졌다고 합니다.

파도를 멈출

파도
를 멈출

파도

타는

: 존 카바진

갈 수는 없지만 배울 수는 있지요! 싹

하루를 시작하며 내 몸을
찬찬히 돌아보는 명상

이번에 소개하는 명상은 아주 단순하면서도 하루를 시작하면서 하기에 좋습니다. 잠에서 막 깨어난 상태의 평온함을 유지하기에 좋기 때문이죠. 아무 생각 없이 바쁜 일상으로 뛰어들기보다는 마음을 챙기면서 하루를 시작한다면 직장과 집에서 겪게 되는 스트레스에 잘 대처할 수 있을 것입니다.
편안한 자세에서 눈을 감고 자연스럽게 호흡하세요. 들숨에 주의를 기울이고 내쉬는 날숨 끝까지 주의를 집중하세요.
완전히 마음이 이완되면 정수리에 감각을 집중하고 어떤 느낌이 드는지 보세요. 간지럽거나 따뜻한 느낌이 있을지도 모릅니다. 어떤 감각이 느껴지는지는 중요하지 않습니다. 그저 내 느낌에 주의를 기울이면 됩니다. 그다음으로는 얼굴로, 턱으로, 목과 어깨로 주의를 옮기면서 각 부분에 감각을 집중하세요. 팔과 손, 배와 등으로 주의를 옮겨보세요. 그다음에는 편안하게 호흡하면서 골반과 고관절, 다리, 발에 주의를 기울여보세요.
마지막으로 깊게 숨을 들이마신 다음 가볍게 미소를 머금고 지금 느끼는 마음의 평화를 하루 중에도 유지하겠다고 다짐하세요.

불편한 마음에 대처하기

직장에서 마음이 불편해지거나 스트레스를 받기 시작하면, 이 페이지에 있는 조언을 참고로 하세요.

1. 천천히 호흡하세요. 불안하면 호흡이 가빠지는데, 그러면 불안감이 가중됩니다. 그러니 불안감이 커지지 않게 하려면, 호흡하는 속도를 늦추세요. 4까지 숫자를 세면서 천천히 그리고 깊게 코를 통해서 숨을 들이쉬세요. 숨을 1초 또는 2초간 멈춘 다음, 다시 4까지 숫자를 세면서 천천히 숨을 내쉬세요. 이 동작을 몇 차례 반복합니다.

2. 내 반응이 적절한지 생각해보세요. 스트레스 상황에 대응할 때 자문해보세요. 성급하게 판단을 내리고 있는 것은 아닌가요? 상황을 확대해석하는 것은 아닌가요? 시간이 지나면 상황이 해결될 수 있나요?

3. 잠시 휴식을 취하세요. 직장에서 누군가 스트레스를 준다면, 그 상황에서 잠시 벗어나서 평정심을 되찾고 마음을 비운 다음 상황을 바라보는 관점을 바꿔보세요. 간식을 먹거나 다른 사무실로 가거나, 밖으로 나가서 신선한 공기를 마시면 마음도 편안해지고 원기도 되찾을 수 있을 것입니다.

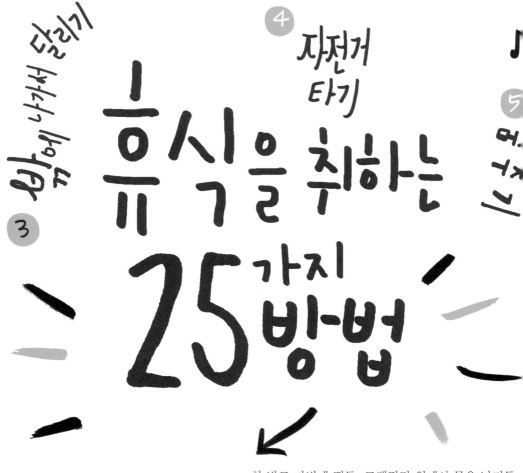

3

4 자전거 타기

5

밤에 나가 달리기

휴식을 취하는 25가지 방법

① 점프하기

한 발로 가볍게 뛰든, 트램펄린 위에서 몸을 날리든, 점프를 할 때 중력에서 벗어나는 느낌은 참으로 짜릿합니다. 그래서 유명 사진작가 필립 할스먼[Philippe Halsman]이 메릴린 먼로에서 리처드 닉슨에 이르기까지, 피사체가 순간의 자유를 누리는 순간을 포착한 게 아닐까요.

② 작지만 경이로운 자연 마주하기

어디든 들여다보기만 하면 작지만 경이로운 자연을 만날 수 있습니다. 집을 짓는 거미일 수도, 나뭇잎을 집으로 가져가는 개미일 수도, 서툰 걸음마로 걸어 다니는 어린 아이일 수도, 저녁 무렵 노을로 물들어가는 하늘일 수도 있겠네요.

6 클래식 라디오 듣기

클래식 음악은 몸과 마음에 안정을 주는 효과가 있어서 혈압과 혈중 코티졸 수치를 낮춰줍니다. 수술 전후로 환자들에게 편안한 음악을 들려주었더니 환자들의 불안과 통증 정도가 낮아졌다는 연구 결과도 있습니다.

7

하루 종일 등을 구부리고 컴퓨터 앞에 앉아있었다면, 여기 소개하는 척추 펴기 운동을 해보세요. 다리를 올려서 벽에 기대고 골반은 벽 아래쪽에 붙이세요. 발은 공중에 떠있게 하고요. 숨을 깊이 들이마시면서 마음을 이완하세요.

8 한숨 쉬기

'아...'나 '옴.....'과 같이 숨을 내쉬면서 긴 소리를 내면 복잡했던 하루를 보내며 가슴에 남아있던 답답함이 풀릴 수 있습니다. 그리고 이때 느껴지는 울림과 깊은 숨이 에너지를 충전해줍니다.

9 자연 속에 앉아있기

공원이나 정원과 같은 자연 속에 앉아서 아무것도 하지 말아보세요. 한 가지 감각에 집중해서 아주 작은 자극까지도 느껴보세요. 마음챙김 활동이기도 합니다.

10 다리 쭉 뻗기

단단한 나뭇가지나 의자 또는 내 뒤에 있는 난간을 붙들고 다리를 들어올립니다. 다리가 내 몸무게에서 벗어나면서 등과 허리가 스트레칭되는 감각을 느껴보세요.

11  보기

뜨거운 커피 한 잔을 들고 담요를 두른 채 베란다에 나와 있든, 공원에 돗자리를 깔고 누워있든, 아니면 단순히 잠이 안와서 침실 창밖으로 바라보든, 하늘을 바라보면 언제든지 즉각적으로 마음이 평온해집니다.

12 낮잠 자기

낮잠을 자도록 해요. 우리 몸의 에너지 레벨은 하루 중에도 낮아졌다가 높아지고 계속 변화합니다. 시에스타siesta 같은 낮잠이 우리 몸에 좋다는 연구 결과도 있습니다. 그러니 잠시 눈을 붙일 기회가 있다면, 놓치지 마세요.

13 물 쳐다보기

물을 바라보세요. 리듬에 맞춰 파도치는 바다도 좋고, 넓게 유유히 흐르는 푸른 강이나 졸졸 소리를 내며 흐르는 시냇물도 좋습니다. 어떤 형태든 자연 속에서 물을 바라보면 즉시 마음이 편안해집니다. 연구에 따르면 파도 소리를 들으면 깊은 수면 상태에서나 명상을 할 때 관찰되는 뇌파가 나온다고 합니다.

14 그림 감상하기

15 꽃 목걸이 만들기

16 셀프 마사지에 도전하기

테니스 공을 등 뒤에 대고 누워보세요. 그리고 몸을 움직여서 바닥과 몸 사이에 낀 공을 굴려보세요. 특별히 아픔이 느껴지는 부위가 있다면, 공으로 꾹 누르면서 숨을 내쉬어보세요. 몸에 느껴지는 긴장감을 줄이기 위해 몸으로 작은 원을 그리면서 움직입니다.

17 식물의 시든 잎 떼어내기

18 나뭇잎 그려보기

19 매일 사용하는 물건 찬찬히 살펴보기

너무나 당연히 여기는 물건이라 지금까지 한 번도 제대로 살펴보지 않았던 물건이라면 딱 좋습니다. 머그일 수도 있고, 오래된 가드닝 도구일 수도 있겠네요. 물건의 형태와 느낌, 무게, 결점, 특이한 점, 가장 사소한 특징까지도 세세히 살펴보세요.

20 누군가 안아주기

21 낮잠 자기

22 슬로우 모션으로 움직여보기

23 베란다 정원 꾸며보기

24 책 읽기

커다란 화분을 준비해서 샐러드용 채소를 심는 데는 10분 정도밖에 걸리지 않지만, 의외로 큰 보람을 느낄 수 있습니다. 생각보다 빨리 싹이 트는 데다 몇 달 동안이나 맛있고 싱싱한 건강 채소를 먹을 수 있으니까요.

25 과일 수확 체험하기

디지털

요즘 디지털 디톡스라는 개념이 통용되기 시작했습니다. 교육적인 측면에서 디지털 기기의 끊임없는 방해가 얼마나 위험한지 경고하는 사람들도 있고(학생들이 집중하기가 그 어느 때보다도 어렵다는 이야기지요), 소셜 미디어로 기분전환을 하고 인정을 받으려는 욕구가 미치는 부정적인 영향을 연구하는 학자들도 있지요. 이제 삶의 균형을 되찾기 위해 디지털 기기에서 벗어나야 한다는 목소리가 커지고 있습니다. 디지털 기기를 끄는 일이 얼마나 중요한지 역설하는 캐나다 출신 저널리스트 마이클 해리스[Michael Harris]는 '언제나 온라인'이라는 태도는 우리를 끊임없이 '불안한 상태'로 만들어 결국 심리적으로 피해를 준다고 주장합니다. 다국적 자동차 제조사 다임러(Daimler)를 비롯하여 많은 기업들은 휴가를 떠난 직원의 이메일 계정에 일시적으로 접근을 차단함으로써 '이메일 없는 휴가'를 시행하고 있습니다. 디지털 기기로부터의 자유가 주는 힐링 효과를 인정하는 조치이지요. 마찬가지로 기술 분야에서도, 시스코[Cisco]의 CTO(최고기술경영자) 파드마스리 워리어[Padmasree Warrior]는 매주 스마트폰 없는 날을 정해서 지키고 있습니다. 스티브 잡스 부부는 어린 자녀들에게 아이패드를 주지 않고 집에서 디지털 기기를 끄는 시간을 정해서 엄격하게 지켰다고 하지요. 디지털 시대를 이끌어가는 리더로 명성을 떨치는 사람들도 디지털 기기 사용시간을 제한한다면, 우리도 그런 흐름을 따르는 게 맞지 않을까요?

그렇다면 어디서부터 시작해야 하고, 몇 분이라도 디지털 기기를 사용하지 않으면 금단현상이 나타나는 사람들은 어떻게 유혹을 떨쳐버릴 수 있을까요? 우선 디지털 기기 사용을 어디까지 허용할지 집 안에서 이용규칙을 정해보세요. 처음에는 어렵게 느껴지겠지만, 디지털 기기로 주의를 분산하고 싶은 마음이 들 때 그런 마음을 인지해보세요. 마음의 평화를 유지하기 위해 얼마나 디지털 기기에 의존해왔는지 보여주는 증거니까요.

디톡스

Please

방해하지 마시오

친구 만날 때 스마트폰은
주머니에 넣어놓기

밤 10시 이후 이메일,
스마트폰, 업무 금지

침실에서 디지털
기기 사용 금지

식사시간에
디지털 기기와 TV
금지

감사합니다

어떤 일에 깊이 몰입해서 시간 가는 것도 모르는 경험을 했던 게 언젠가 요? 자리에 앉았나 싶었는데 정신 차려보니 몇 시간이 흘렀던 경험이요. 그렇게 몰입했던 기억이 무엇이었든, 예를 들어 복잡한 요리를 한 상 차 려냈든, 그림이나 글쓰기처럼 창의적인 활동에 몰입했든, 그것은 눈앞의 도전과제를 여러분의 능력과 상상력으로 가장 잘 해결한, 가장 효율적인 순간이었음이 분명합니다. 자신에게 꼭 맞는 일을 하다보면 마음의 평화 를 되찾고 유지할 수 있습니다. 그리고 잘하는 일에서 도전과제에 직면 하면 심리학자들이 몰입^{flow}이라 부르는 상태를 경험합니다. 멀티태스킹 ^{multitasking}과 반대되는 개념이죠. 긍정 심리학^{positive psychology}의 대가 미하이 칙 센트미하이^{Mihaly Csikszentmihalyi} 교수는 이러한 현상을 깊이 있게 연구한 결과 몰입이란 개인이 '강하고, 자극에 깨어있으며, 노력 없이도 통제가 가능 하고, 무의식적인 동시에 자신의 능력을 최대치로 발휘하는' 느낌이라고 설명합니다.

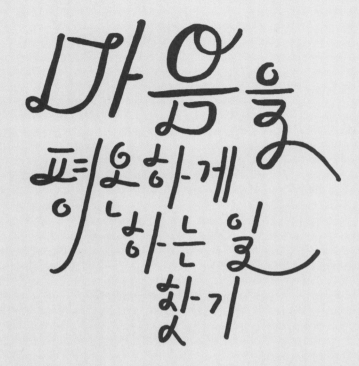

마음을 편안하게 하는 일 찾기

여러분은 여러분의 일을 사랑하나요? 이직을 하거나 커리어를 바꾸려고 하는데 어디서부터 시작해야 할지 모르겠다는 사람들도 있을 텐데요. 그렇다면 벤다이어그램을 이용해서 자신에게 가장 적합한 일을 찾아보세요. 어떤 일이 나에게 가장 잘 맞을지 알아낸다면 (벤다이어그램의 정중앙에 자리하는 일이 바로 나에게 가장 잘 맞는 일입니다) 나에게 딱 맞는 커리어 목표가 생긴 것입니다.

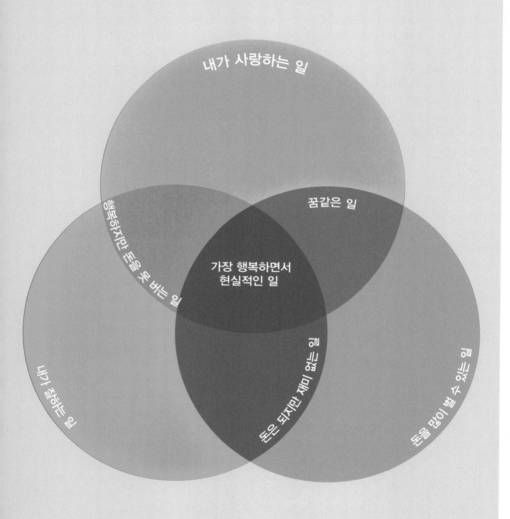

비밀번호 변경만으로 달라지는 삶

하루에 몇 번이나 비밀번호를 입력하시나요? 비밀번호 관리는 직장 생활을 하다보면 어쩔 수 없이 꼭 해야만 하니 참 귀찮죠. 하지만 비밀번호에 새로운 의미를 부여하면 어떨까요. 가장 간절한 소망을 이룰 수 있도록, 소망을 상기시켜주는 현대판 만트라로 만들어보면 어떨까요? 'BU!LDNEWFRI3NDSHIPS(build new friendships, 새로운 친구 사귀기)'나 'SAVE4SKIING'(Save for Skiing, 스키여행 경비 마련)', 'BEK:ND@HOME(be kind at home, 가족에게 따뜻하게 대하기)'처럼 말이죠. 원한다면 매월 바꿀 수도 있으니 더 좋네요. 무의식을 깨우고 삶의 목적을 일깨울 기회를 꼭 잡으세요!

New password:	SAVE4SKIING	🔑
Verify:	●●●●●●●●●●●	
Password hint: (Recommended)	여행까지 앞으로 네 달!	

| | Reset password |

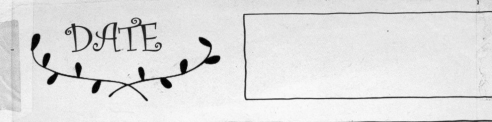

DATE

오늘 언제 마음의 평화를 느꼈나요?

오늘 감사할 일이 있었나요?

오늘의 · 중요한 · 사건
세 가지를 뽑아본다면 무엇 인가요?

아이돌

삶 속에서 마음챙김을 실천하는 모습을 보려면, 아이들이 자기가 좋아하는 놀이를 하는 모습을 보면 됩니다.

삶 속에서 마음과 감각에 집중하는 모습을 보려면, 자기가 좋아하는 놀이를 하는 아이들의 모습을 보면 됩니다. 레고로 탑을 쌓기도 하고, 집 안의 이불을 모두 끌어 모아 동굴을 만들기도 하고, 성글게 끈을 엮어서 팔찌를 만들기도 하죠. 고요한 마음으로 자신이 해야 할 일에 완전히 몰입하는 모습이 놀랍기만 합니다.

어른들이 세워놓은 규칙을 따르지 않는 아이들의 상상력에는 묘한 전염성이 있습니다. 길게 늘어놓은 빈 의자들이 해적선 선체가 되기도 하고 폴라 익스프레스^{Polar Express}의 기차칸이 되기도 하지요. 강아지는 사람들이 모르는 비밀 언어로 말을 하고, 길에서 만난 괴짜 할아버지는 마술사라나요. '말도 안 되는 소리 하지 마라'는 어른들의 현실주의에서 벗어나면 세상은 가끔씩 아주 재미있는 곳이 되기도 합니다. 가끔씩 느끼는 이러한 자유는 '진짜 세상'을 새로운 관점에서 바라보고 마음을 안정시킬 수 있는 기회를 줍니다.

아이들은 매순간에 몰입하고 충실합니다. 어른보다 스트레스나 불안을 덜 느끼는 게 당연하죠. 아이들과 시간을 보내고 그들의 에너지에 맞추려고 노력하면 일상 속에서 평온한 마음을 갖는 데 큰 도움이 됩니다. 나이와 상관없이 어른은 누구나 어린 아이의 태도에서 배울 점이 있습니다. 아이들에게는 원래 세상을 향한 무한한 호기심이 있습니다. 그래서 평화롭고 열린 마음으로 세상을 궁금해하며 새로운 경험을 해보려고 하는 것입니다.

아이들과 시간을 보내면
세상의 신비를 느낄 수 있습니다.

마찬가지로, 상상력과 창의성이 풍부하기 때문에, 아이들에게는 어른에게 일상 속의 위대함을 상기시켜주는 놀라운 힘이 있습니다. 많은 어른들이 더 이상 보지 못하고 지나치는 세상의 신비를 일깨워주지요. 돌이나 나뭇잎이 이렇게 아름다운 줄 아셨나요? 우주의 스케일과 신비는 정말 놀랍기만 하지요. 꽃이 피는 과정, 꿀벌의 생태, 바다의 위력도 너무나 대단합니다. 어른들은 이런 놀라움을 잊어버렸을 뿐이지요. 아이들과 시간을 보내면, 금세 이런 세상의 신비를 다시 느낄 수 있습니다.

부모님만큼이나 아이들에게도 명상이 이롭습니다

그러나 우리 아이들이 현대 사회의 스트레스로부터 자유롭기만 한 것은 아닙니다. 그동안의 연구에 따르면 현대에 이르러 물질이 풍요해지고 기술 발달로 인한 편리함은 누리고 있지만, 선진국의 어린이들은 예전보다 더 외롭고, 스트레스를 많이 받으며, 분노도 많이 느낍니다. 또한 어린이도 스트레스를 해소하려면 어른과 마찬가지로 자연에서 시간을 보내고, 잠을 푹 자며, 창의적인 활동을 하면서 놀고, 부모, 친구와 좋은 관계를 유지해야 합니다. 그러니 명상은 어른들만큼이나 어린 아이들에게도 도움이 될 수 있습니다.

미국을 비롯한 여러 나라에서 진행되는 마음챙김 프로그램은 상당한 효과를 거두고 있습니다. 영화배우 골디 혼^{Goldie Hawn}이 설립한 혼 재단^{Hawn Foundation}은 마음챙김 프로그램을 학교에 보급하는 데 많은 노력을 기울이고 있습니다. 혼 재단에서 학교에 '마인드업^{MindUP}'이라는 프로그램을 도입하여 교직원과 학생들에게 마음챙김 테크닉을 가르쳤더니, 아이들이 더 긍정적으로 생각하고, 공감능력이 향상되며, 스트레스를 덜 받았다는 연구 결과도 있습니다. 게다가 반응속도부터 조직 능력에 이르기까지 모든 부분에서 발전이 있었다고 합니다. 영국 버크셔에 소재한 웰링턴 칼리지^{Wellington Colleage}의 앤서니 셀든^{Anthony Seldon} 학장은 그리스 철학자 에픽테토

스^{Epictetus}의 '사람은 현상에 불편함을 느끼는 게 아니라 현상에 대한 의견 때문에 불편함을 느낀다'는 주장에 따라 웰빙 클래스를 도입했습니다. 이 클래스는 학생들에게 자신의 사고 패턴에 주의를 기울이는 방법을 알려주고, 회복 탄력성과 공감 능력을 키울 수 있도록 도왔습니다.

어른도 누구나 어린 아이의 태도에서 배울 점이 있습니다

여러분에게 자녀가 있든 없든, 아이의 호기심과 '지금 이 순간'에 집중하는 능력에서 배울 점은 많이 있습니다. 아이들의 '놀이'에 전염이라도 되듯, 노는 방법을 일깨워주면 어른들은 세상의 신비를 느끼고 마음껏 장난치던 예전의 모습을 되찾을 수 있습니다.

육아를 할 때도 마음챙김 명상은 어른과 아이 모두에게 도움이 되며, 명상하는 습관은 온 가족에게 긍정적인 도미노 효과를 일으킵니다. 아이에게 온전히 주의를 집중하고 반응해주면 아이와 더 친밀한 관계를 맺을 수 있고, 반대로 아이들 특유의 열정과 즐거움 또한 부모에게 긍정적인 영향을 미칠 것입니다.

내가 가장 좋아하는 건

아무것도 안 하는거야

아무것도 안하려면
어떻게 해야해?

한참을 생각하던
푸가 물었습니다.

음...

내가 뭔가
하려고 할 때
사람들이 불러서

"크리스토퍼 로빈,
뭐 할거니?"

라고 물어보잖아?

그러면...

아무것도 안해요~

그러고서는 하는 거지.

그냥 계속하는 거야.
들을 수 없는 것에 귀를 기울이며,

신경 쓰지
않는 거지.

그렇구나!
푸가 대답했습니다.

『위니 더 푸(Winnie-the-Pooh)』, A.A 밀른(A.A Milne)

내 마음 같은 유리병 만들기

어린이에게 왜 마음을 평온하게 해야 하는지 알려주려면, 이번에 소개하는 간단한 실험을 같이 해보세요.

뚜껑이 있는 잼병과 같은 유리병을 찾아서 라벨을 모두 제거하세요. 뜨거운 물을 붓고 반짝이 풀을 2큰술 넣어주세요. 잘 섞은 다음 식용 색소를 몇 방울 넣으세요. 다 됐으면 뚜껑을 꽉 닫고 병을 흔듭니다. 병속에서 반짝이가 흔들리며 여러 가지 생각으로 어지러운 아이의 마음을 보여줍니다. 모든 생각, 감정, 걱정, 두려움이 뒤엉키는 바람에 아이들은 감정에 압도되어 버립니다. 아이에게 불편하거나 화나는 일이 있으면 마음이 이렇게 된다고 설명하세요. 아이에게 유리병을 흔들어보게 하고 반짝이가 아래로 가라앉는 모습을 보여주세요. 마음을 진정시키면 이렇게 된다고, 순간의 감정 때문에 폭주하기보다는 숨을 내쉬면서 기다리면 마음도 이렇게 진정된다고 설명하세요. 아이에 따라서는 슬프거나 화가 날 때 이 병을 흔들면 마음을 진정시키거나 부정적인 반응을 '일시 중지'하는 데 도움이 되기도 합니다.

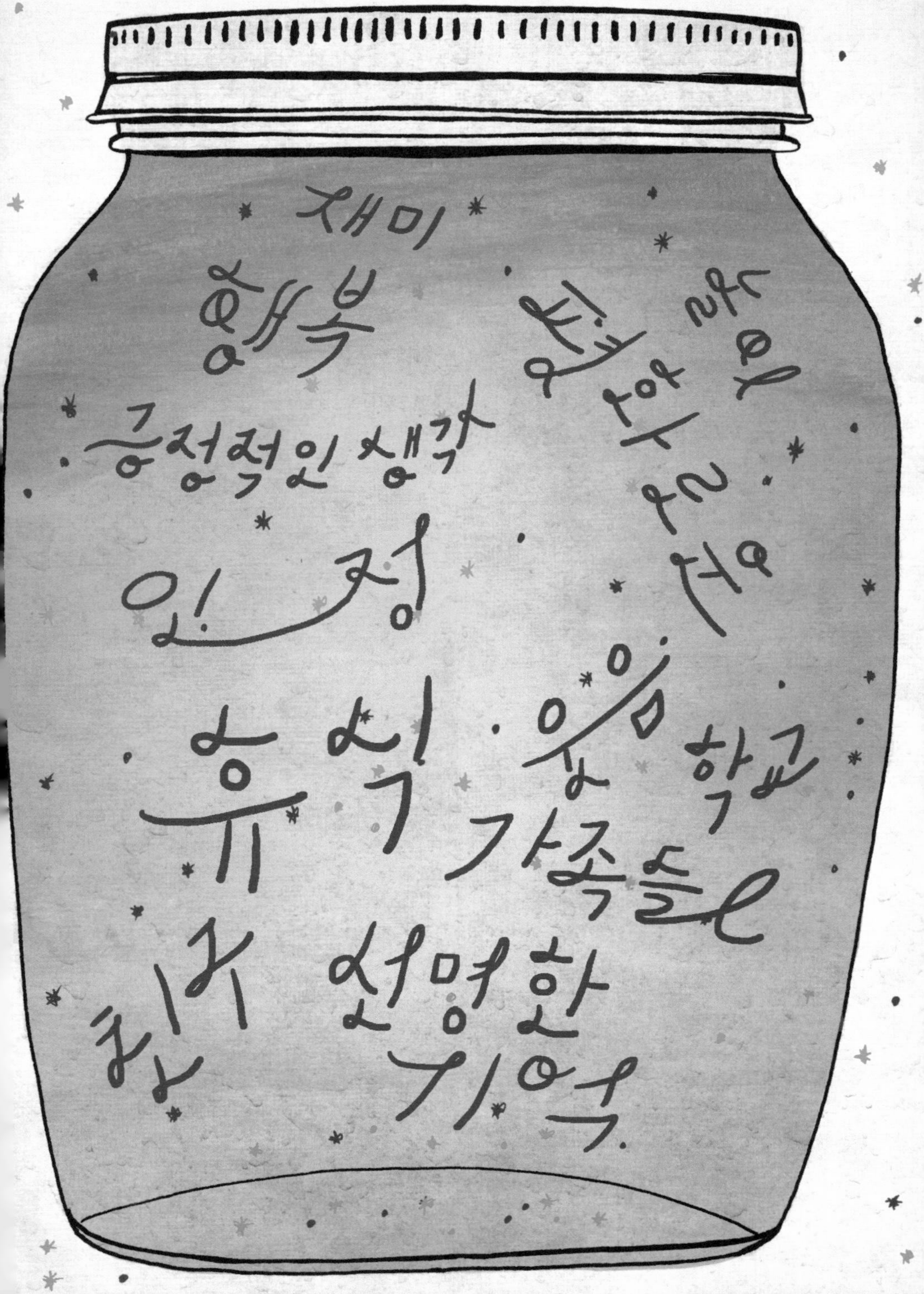

재미

행복

긍정적인 생각

일! 정

휴식 · 웃음 · 학교

가족들

친구 · 선명한

기억

오늘의
행복했던 일

매일 밤, 잠들기 전에 아이에게 그날 가장 행복했던 일 세 가지
를 이야기해보라고 하세요. 자신을 뿌듯하게 한 일 세 가지도요.
건강한 자기 이미지와 긍정적인 마음가짐을 갖고, 행복한 생각을
하며 잠에 빠져들 수 있습니다. 아이의 하루가 어땠는지 살짝 듣
고 무엇이 아이를 행복하게 하는지 (간혹 전혀 예상치 못했던 것
들이 튀어나오기도 합니다) 알아볼 수 있는 좋은 기회입니다. 부
모님이 뽑은 그날의 행복한 일 세 가지와 보람된 일 세 가지도 들
려주세요. 아이도 부모님이 어떤 하루를 보냈는지 알게 됩니다.

세 가지

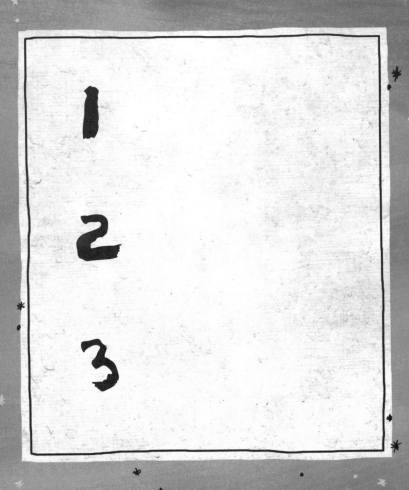

1

2

3

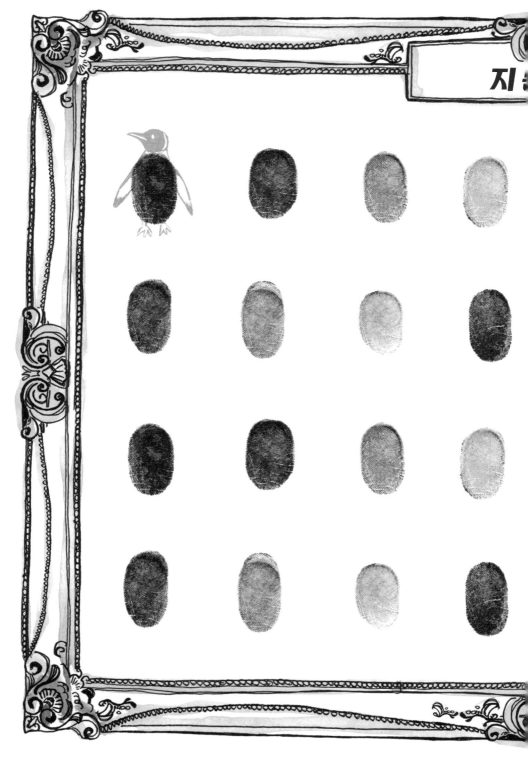

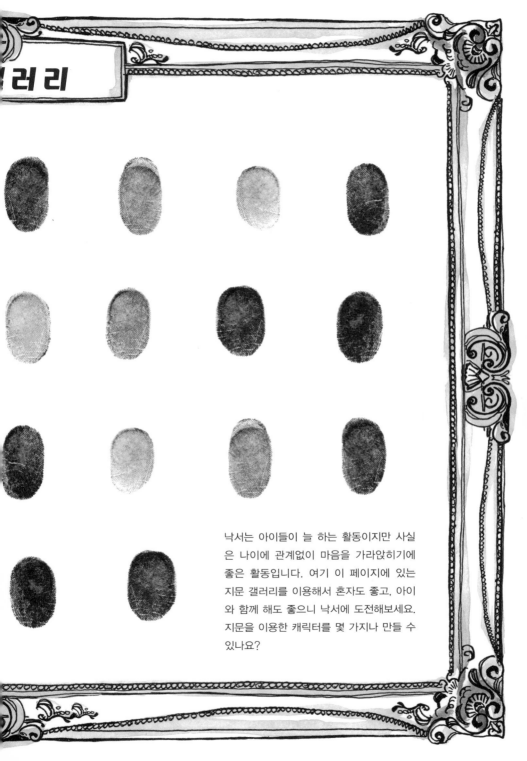

러리

낙서는 아이들이 늘 하는 활동이지만 사실은 나이에 관계없이 마음을 가라앉히기에 좋은 활동입니다. 여기 이 페이지에 있는 지문 갤러리를 이용해서 혼자도 좋고, 아이와 함께 해도 좋으니 낙서에 도전해보세요. 지문을 이용한 캐릭터를 몇 가지나 만들 수 있나요?

세상의 모든 여덟 살 아이에게
명상을 가르친다면,
한 세대 안에
세상의 모든 폭력이
사라질 것입니다.

— 달라이 라마

기억하나요?

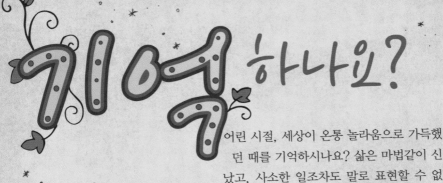

어린 시절, 세상이 온통 놀라움으로 가득했던 때를 기억하시나요? 삶은 마법같이 신났고, 사소한 일조차도 말로 표현할 수 없을 만큼 스릴이 넘쳤죠. 잔디에 낀 성에, 하늘로 날아오르는 나비, 땅 위에 놓인 신기한 나뭇잎이나 돌 하나도 그냥 지나칠 수 없었으니까요.

이가 빠지면 이빨 요정이 밤에 찾아올 거라 기대했고, 꿈같은 크리스마스 이브까지 얼마나 남았는지 날짜를 세기도 했었잖아요. 산타 할아버지가 어떻게 하룻밤 사이에 전 세계 모든 어린이에게 선물을 가져다주는지 알 수는 없었지만, 산타 할아버지는 늘 선물을 놓고 가셨고, 한 번도 우리를 실망시킨 적이 없었지요.

순록은 하늘을 날아다니고, 정원에는 요정이 살고, 애완동물은 사람처럼 말을 하고, 인형도 성격이 있고, 꿈이 현실이 되고, 별도 손을 내밀면 만질 수 있었죠. 항상 기쁜 마음이었고, 상상으로 무엇이든 할 수 있었고, 삶이 마법이라고 믿었죠.

어린 시절 우리는 세상 모든 것이 선하고, 매일 신나는 일과 모험이 가득하며, 그 무엇도 우리의 즐거움을 깨뜨릴 수 없다는, 그런 특별한 믿음을 가지고 있었습니다. 하지만 어떻게 된 일인지 어른이 되면서, 책임과 문제, 어려움이 밀려왔고, 어린 시절의 환상이 깨지면서 어릴 때 믿었던 마법은 기억 너머로 사라져 버렸습니다. 아마도 그렇기 때문에 어른들은 아이들과 함께 있는 것을 좋아하는 게 아닐는지요. 아주 잠시라도, 어린 시절 그 느낌을 다시 경험하고 싶어서 말입니다.

―『매직』, 론다 번

마법을
믿지 않는
사람들은
결코 그것을 보지
못할 것이다.

로알드 달

DATE

오늘 언제 마음의 평화를 느꼈나요?

오늘 감사할 일이 있었나요?

오늘의 · 중요 한 · 사건

세 가지를 뽑아본다면 무엇 인가요?

CREATIVITY
창의성

얼마 전까지만 해도
창의성은
베일에 싸여 있었습니다

불과 얼마 전까지만 해도, 창의성이 무엇인지분명하게 정의하기 힘들었습니다. 사람들은 운 좋은 몇몇만이 '창의적인 인재'가 된다고 여겼지요. 그러다 보니 대부분의 사람들은 창의적인 활동은 남의 일이라고 생각했습니다. 현실적인 문제에 대해 새로운 문제해결 방식을 생각해내거나, 새로운 요리법을 개발하거나, 전철에서 지나가는 사람들을 조용히 스케치해볼 수 있는데도 말이죠.

최근 몇 년 사이 신경과학과 심리학이 발달하고, 아동 발달에 대한 이해도 깊어지면서 창의성이 인간의 기본적인 특징임이 드러났습니다. 우리 모두가 갖고 있고, 사용해야 할 능력이라는 거죠. 더구나 타고나는 '재능'이 아니라, 창의성은 개발되고, 강화하며, 연습해서 얻을 수 있는 능력임이 밝혀졌습니다.

마음챙김 명상에서 내 안에 잠재된 창의성을 발현하는 것은 매우 중요합니다. 명상을 생활 속으로 받아들임으로써 우리는 타고난 상상력을 키워갈 수 있습니다. 그리고 상상력과 창의력에 유의하고 키우면 키울수록, 마음 속 깊이 평화를 맛볼 수 있습니다.

창의성을 발휘하기 위해서는 다른 조건도 있지만 정신적 여유가 중요합니다. 심리학자 기 클랙스턴^{Guy Claxton}은 그의 저서 『거북이 마음이다^{Hare Brain, Tortoise Mind}』라는 책에서 우리 모두 신속한 판단과 순간적인 결정을 내리기에만 급급해졌다고 지적합니다. 사실 공간과 시간의 여유가 있어야 창의적인 생각이 나올 수 있는데도 말이죠. 클랙스턴은 혼란과 모호함이 생산성의 적이 아니라 오히려 독특한 생각과 신선한 발상을 위한 풍부하고 비옥한 토양이라고 했습니다. 그가 '무의식^{undermind}'이라고 부르는 우리의 마음에 충분한 여유를 허락하지 않으면 뛰어난 생각이 뿌리를 내릴 틈이 없습니다.

그렇기 때문에 명상이 창의적인 사고에 큰 도움이 된다고 하는 사람들이 많습니다. 데이비드 린치, 오프라 윈프리, 엠마 왓슨, 폴 매카트니 등 많은 유명인들이 명상을 예찬하고 있으며, 명상이 창의성에 즉각적인 효과가 있다는 점도 입증되었습니다. 네덜란드의 연구진은 25분간 명상을 한 참가자들이 주어진 문제에 해결 방안을 더 많이 떠올린다는 점을 발견했습니다.

브레인스토밍에 대한 재미있는 연구 결과를 하나 공개하자면, 많은 회사에서 브레인스토밍이 인기를 얻고 있지만, 사실은 '조용한 브레인스토밍', 즉 직원들이 개인적으로 아이디어를 생각하고 서면으로 적어내는 방식이 모든 직원들이 한 자리에서 말로 브레인스토밍을 하는 방식보다 창의적인 해결방안 찾는 데 훨씬 더 유용하고 효과적이라고 합니다. 조용히 심사숙고를 할 수 있는 분위기에서 창의적인 사고에 집중하기가 쉽기 때문입니다. 또한 그룹 회의에서는 외향적인 사람들이 내향적인 사람들보다 큰 목소리를 내기 쉬운데, 내향적인 사람들이 놀라운 아이디어를 갖고 있을 수도 있습니다. 그런 면에서 명상을 통한 사색은 창의성을 충분히 발휘할 수 있는 환경을 조성합니다. 피카소도 말한 적이 있죠. "고독 없이는 아무 것도 달성할 수 없다."

피카소 또한, "고독 없이는 아무것도 달성할 수 없다."고 말했습니다

정신적 여유를 갖는 외에도, 내 안의 창의성을 키우기 위해서는 상상을 해야만 하는 상황을 자꾸 만들어야 합니다. 정물화 그리기에서부터 피아노 치기까지, 많은 창의적 활동에는 명상과도 같은 특성이 있습니다. 크리에이티브 디자인컨설팅 회사인 IDEO의 CEO 팀 브라운[Tim Brown]은 최근 TED

강연에서 이러한 활동을 '손으로 생각하는' 행위라고 말했습니다. 뚜렷한 목적 없이 창의적인 시도를 하면 어떤 점이 좋은지 설명하기 위해 브라운은 미국의 유명 가구 디자이너 찰스와 레이 임스^{Charles and Ray Eames}를 예로 들었습니다. 찰스와 레이 임스는 부상당한 군인을 위한 부목을 만들기 위해 합판을 가지고 이런 저런 실험을 해보다가 디자인 체어를 만들게 되었다고 합니다.

이 이야기의 교훈은?
'내 생각에 나를 가두지 말자'입니다

여러분의 창의성으로 이런 저런 시도를 할 수 있게 허용해주세요. 그래서 어떤 결과에 이르는지 살펴보세요. 여러분 안에 잠재된 창의성을 마음껏 발휘하도록 허락하는 순간, 수많은 문제에 대한 새로운 해결책이 떠오를 것입니다. 상상도 못했던 분야에서 즐거움과 마음의 평화를 주는 취미를 발견할 수도 있습니다.

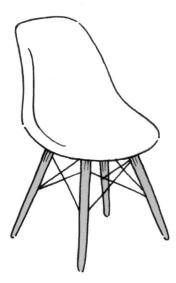

마음에는
마음만의
자리가 있어서
지옥을 천국으로
만들 수도,

천국을
지옥으로
만들 수도
있다.

존 밀턴

컬러링의 묘미

한때 어린아이들의 놀이로만 치부되었던 컬러링이 최근 몇 년 사이 아주 정교하게 리브랜딩되었습니다. 런던 테이트 모던[Tate Modern] 갤러리나 파리 퐁피두 센터[Pompidou Centre]의 기프트숍에는 어른을 대상으로 제작된 복잡한 컬러링 북이 많이 출시되어 있습니다. 몇 시간 동안 앉아서 시간가는 줄도 모르고 색칠하다 보면 마음이 편안해지죠. 티베트 불교의 전통에 따르면, 원을 의미하는 산스크리트어에서 비롯된 '만다라[mandala]'는 우주를 시각화한 것으로, 명상 중에 집중력과 균형 감각을 높여주는 데 도움이 됩니다. 만다라의 디자인, 색상, 스타일은 다양하며 테이블 위에 템플릿을 놓고 색 모래를 채워서 만들기도 합니다. 또는 두루마리에 그리기도 했습니다. 여기 이 페이지에 있는 그림은 여러분을 위한 만다라입니다. 직접 컬러링해서 여러분만의 만다라를 만들어보세요.

창의성을 위한 명상

편안한 자세로 앉아서 등을 쭉 펴고 호흡에 집중하세요. 숨을 들이쉴 때 코로 들어오는 시원한 공기를 느끼고, 숨을 내쉴 때 빠져나가는 따스함을 느껴보세요. 호흡이 느려지고 몸이 이완되면, 황금빛이 나를 비추고 있다고 상상해보세요. 따뜻하고 반짝이는 빛이, 천천히 정수리부터 발가락까지 몸 전체에 닿으면 힐링 에너지가 내 몸과 마음을 평온하게 채워줍니다.

반짝이는 황금빛이 몸 전체를 훑고 지나가면, 몸이 가벼워집니다. 몸이 땅에서 떠올라 하늘을 향해 날아오릅니다. 공기처럼 가벼워진 기분으로 구름 사이를 산책해보세요.

하늘에서 머무르면서 마음이 얼마나 평화로운지 느껴보세요. 그리고 시선을 아래로 향하세요.

잠시 내 마음에 들어온 생각을 들여다보세요. 새로운 커리어나 무언가 만들고 싶은 것을 떠올려보세요. 손을 쭉 뻗어서 빛을 한 움큼 땅으로 떨어뜨리세요. 땅에 떨어진 빛은 내 의지를 담은 씨앗이 되어줄 것입니다.

이제 몸이 점점 무거워지고 천천히 땅으로 내려옵니다. 다시 호흡에 집중하고 숨을 가다듬은 다음 눈을 뜨세요.

'창의성은 고갈되지 않습니다. 사용하면, 할수록, 더 많이 생겨나지요.'

마야 안젤루 Maya Angelou

글씨의 힘

캘리그래피는 집중력과 정교함을 필요로 하는 예술입니다. 캘리그래피라고 하면 고대 중국이나 일본의 현자들이나 박물관의 두루마리, 오래된 서예 붓이 떠오를지도 모르겠습니다. 하지만 캘리그래피를 예찬하는 뜻밖의 인물들도 있습니다. 스티브 잡스는 캘리그래피 수업이 자신의 창의성을 발휘하는 데 결정적인 역할을 했다고 말했습니다. 어떤 문화권에서는 서체가 개인의 성격과 마음 상태를 보여주는 특별한 역할을 한다고 믿기도 합니다.

여러분의 서체로 캘리그래피에 도전할 차례입니다

도자 공예, 댄스, 자수 등 창의적인 활동을 배우면 마음을 평온하게 하는 데 굉장히 큰 도움이 됩니다. 이러한 창의적인 활동은 집중력을 키우는 데도 좋습니다. 온갖 잡념을 없애는 특효약이지요. 창의적으로 자신을 표현하는 활동은 엄청난 카타르시스를 주기도 합니다. 이렇게 보면 각종 '예술 치료'가 우울증, 불안, ADHD에 이렇게 널리 사용되는 것도 당연합니다. 창의성을 발휘하느라 깊이 집중하다보면 마음이 잔잔해지면서 긴장이 풀리고 마음의 평화도 되찾기 마련입니다.

창의적인
활동
배워보기

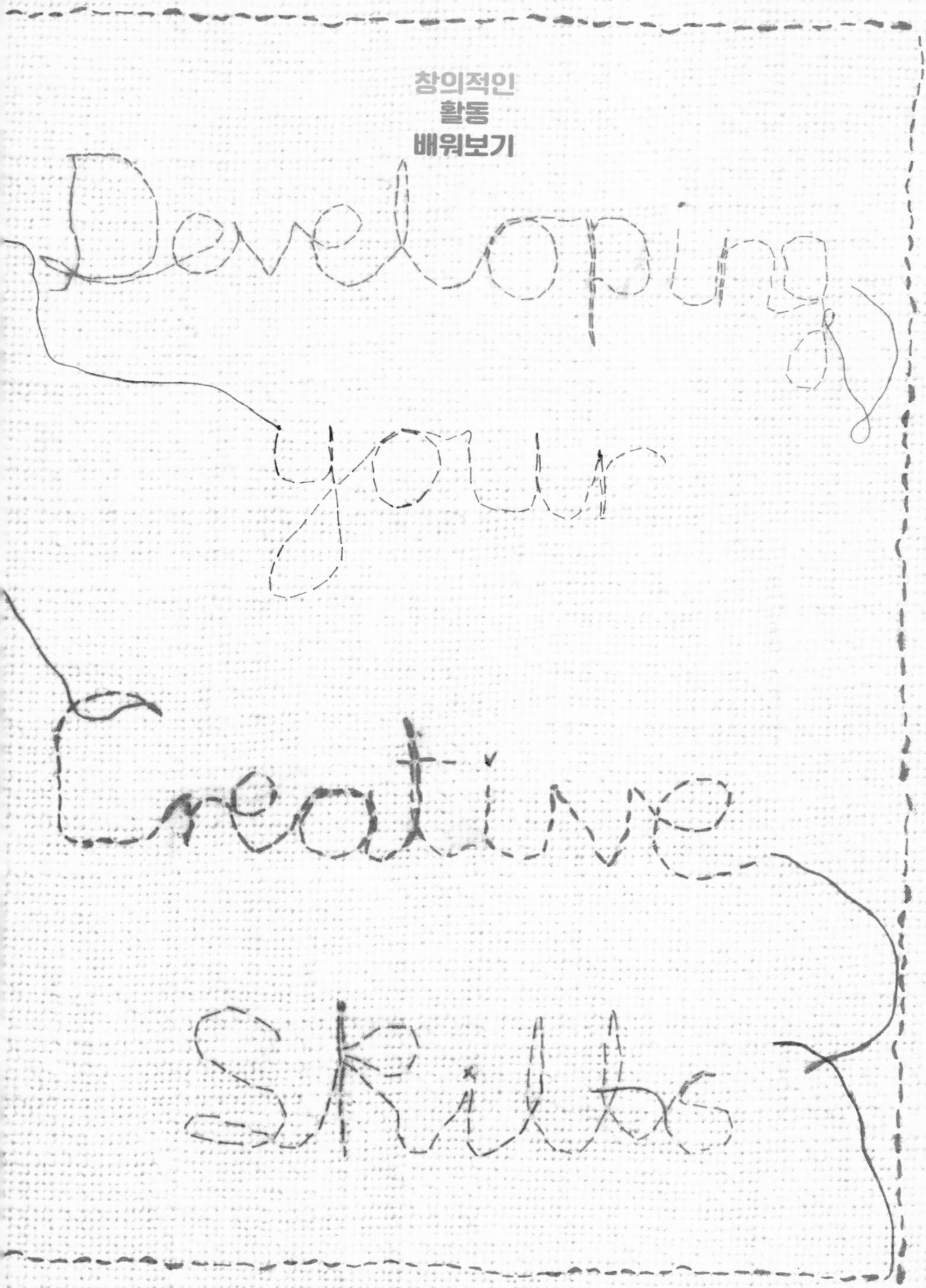

Developing
your
Creative
Skills

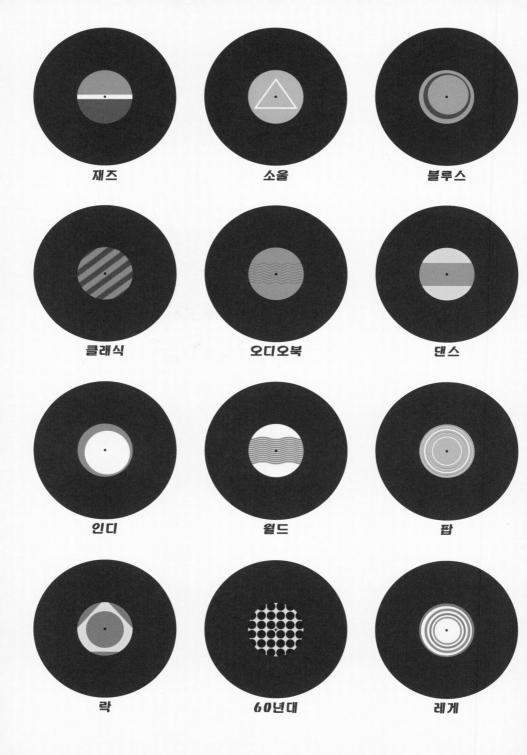

재즈 소울 블루스

클래식 오디오북 댄스

인디 월드 팝

락 60년대 레게

일에 지쳤거나 불안하거나 우울할 때, 좋아하는
음악을 들으면 마음이 편안해집니다.
마치 터치스크린을 다루듯, 왼쪽 페이지에서 마
음에 드는 레코드에 손가락을 대고 이 페이지의
빈 레코드 슬롯에 넣어보세요. 손가락은 이 페이
지 위에 가볍게 얹어두세요. 이제 눈을 감고 완
벽한 서라운드 사운드 환경에서 음악을 듣는다
고 상상해보세요.

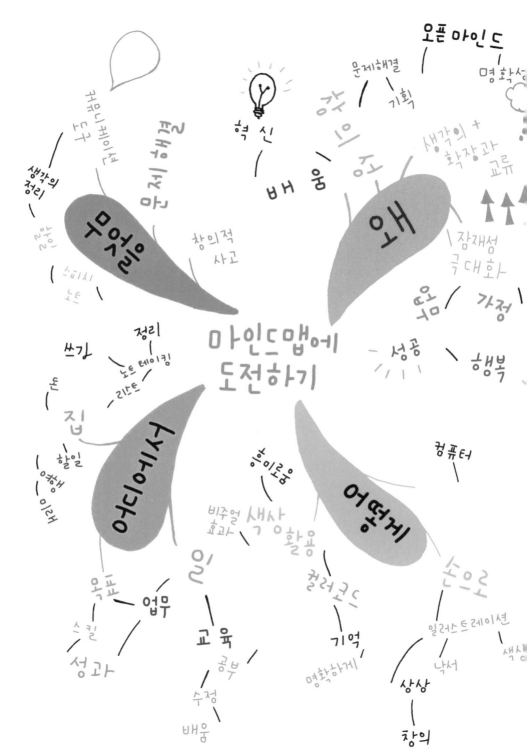

마인드맵 만들기

마인드맵은 한 아이디어를 중심으로 내용을 적어가며 문제나 아이디어를 확장하는 시각적인 브레인스토밍 기법입니다. 줄줄 써내려가는 목록보다 창의적 사고에 훨씬 효과적이라고 알려지기도 했죠. 노트테이킹을 할 때도 마인드맵을 이용하면 좋으며, 글과 이미지를 섞어서 마인드맵을 만들면 보통 줄글로 노트를 했을 때보다 내용을 기억할 확률이 6배나 높아진다고 합니다. 마인드맵을 주제, 질문 또는 문제가 가운데 놓인 거미줄이라고 생각해보세요. 중심과 연결된 생각을 하나씩 적어가면서 사고를 확장해보세요. 여러 색상을 섞어보고 낙서도 하면 여러 생각을 마음에 담는 데 도움이 될 것입니다.

이야기 만들기

마지막으로 이야기를 지어낸 게 언제인가요?
자, 이제 상상력을 마음껏 펼쳐볼 차례입니다.
여기 준비된 문장에 이어서 이야기를 지어볼
까요?

옛날 옛적, 깊은 산 속에, 한 노인이 혼자
외롭게 살고 있었다. 그러던 어느 날, ...

그의 앞에 펼쳐진 길은 풀이 무성하게 자라
있었고 울퉁불퉁했다. ...

길에 서 있던 그녀에게 저 멀리 파티장에서
들려오는 웃음소리는 생소하기만 했다.

단어 게임

가끔 창의성은 완전히 관계없는 두 가지 아이디어를 연결할 때 발휘되곤 합니다. 단어 게임은 말도 안 되지만 신기하고 재미있게 단어를 이어가면서 우리의 상상력을 자극하죠. 여기 왼쪽 페이지에서 아무 단어나 두 개를 선택하여 새로운 단어를 만들어보세요. 지금 막 만든 단어가 무슨 뜻인지 잠시 생각해보세요. 무슨 의미인가요? 새로운 비즈니스 이름이나 제품명으로 사용할 수 있을까요? 노래의 후렴구일 수도, 새 애인의 별명이 될 수도 있겠네요. 일단 한번 시도해보세요. 어떤 달콤한 단어가 될지, 누가 아나요.

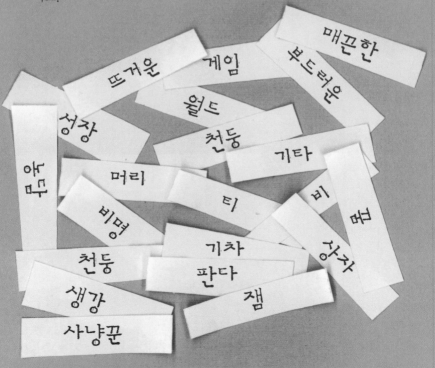

마음	꿈
마법	모자
행운	소시지
고스트	얼룩말
행복한	펭귄

손가락으로 미로에서 길을 찾다보면 마음의 평화에 이릅니다.

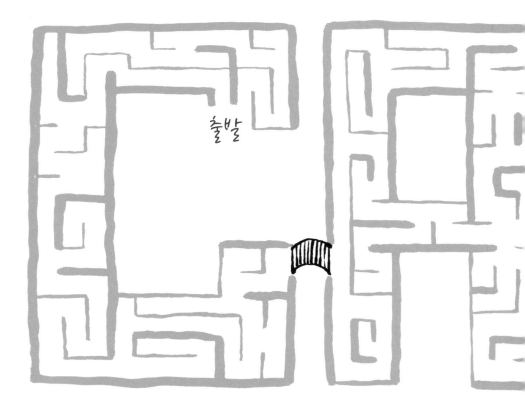

출발

도착

DATE

오늘 언제 마음의 평화를 느꼈나요?

오늘 감사할 일이 있었나요 ?

오늘의·중요한·사건 세 가지를 뽑아본다면 무엇 인가요?

FOOD

음식

사무실 책상에서
점심을 먹고 있나요?

혹시 사무실 자기 자리에서 점심을 먹거나, 정신없이 커피와 빵으로 끼니를 때우거나, 저녁 시간에 집에 아무도 없으면 전자레인지에 데운 음식을 대충 드시나요? 식사는 바쁜 하루에서 잠시라도 휴식을 취하는 귀한 기회가 되어야 하고, 영양 섭취는 잠시 일을 멈출 합당한 이유가 되어야 합니다. 하지만 많은 사람들이 귀찮지만 먹어야 하니까 어쩔 수 없이 먹는다고 하지요. 이제 우리는 하루에 세 끼를 꼬박 챙겨먹던 문화에서 대충 빨리 끼니를 때우는 문화로 옮겨가고 있는 것 같습니다.

짧은 시간 안에 식사를 하면 여러 측면에서 안 좋은 점이 너무나 많습니다. 빨리 먹다보면 제대로 씹지 않게 되고, 위에서는 음식을 적절히 소화하는 데 필요한 효소가 제대로 분비될 시간이 없습니다. 따라서 소화불량을 경험할 가능성도 높아지고, 식사에만 집중하면서 먹을 때보다 폭식을 할 가능성도 높아진다는 연구 결과도 있습니다. 먹는 과정에서 느끼는 많은 즐거움을 박탈당하기도 하지요.

조금 더 확대해서 보면, 우리 몸의 기본적인 욕구에 신경 쓰지 않는다는 점은 몸과 마음 사이의 불협화음을 보여준다고 하겠습니다. 잘 먹는다는 것, 그리고 매 끼니때마다 식사라는 의식은 인류 역사 이래로 모든 문화권에서 중요한 행위였습니다. 프랑스인들은 음식을 숭배하고, 하루 세 끼를 철저히 지키며(2010년에 진행된 한 연구에 따르면 자리에 앉아서 먹는 데 소비한 시간이 평균 2시간 22분이랍니다), 이탈리아인들은 음식을 가족의 상징이라고 생각하는 등, 요리와 식사는 수많은 문화의 핵심입니다. 스칸디나

비아에서 사하라에 이르기까지 어느 곳에서나 먹고 마시는 축제는 종교와 관계된 기념일이든, 생일이든, 결혼이나 주말 모임으로서든, 축하와 기념 행사로서 가장 뚜렷이 나타납니다. 연구에 따르면 정기적으로 모여 앉아서 함께 식사하는 가족은 따로 식사하는 가족보다 더 행복하고 비만이 될 확률은 낮습니다. 이와 같은 맥락으로, 미국이나 영국처럼 함께 먹는 문화가 발달하지 않은 곳이 비만율이 가장 높은 편이기도 합니다.

함께 식사하는 가족의 구성원들은 비만이 될 확률이 낮습니다

그럼에도 불구하고, 주중 점심식사에 대한 사람들 대부분의 사고방식은 아직 1980년대에 머물러 있는 듯합니다. 월가의 기업사냥꾼, 고든 게코^{Gordon} ^{Gekko}가 말하던 '점심은 얼간이나 먹는 거야(Lunch is for wimps)'라는 태도가 어느새 우리에게도 스며든 걸까요. 여유 있고 느긋하게 즐기는 점심, 동료나 친구와 얼굴을 맞대고 이야기를 나누는 모습은 이제 게으르게 비칠 수 있다는 겁니다. 가까스로 사무실 밖으로 나와서 식사하는 경우에도, 핸드폰만큼은 잊지 않고 들고 나오고요.

최근 미국의 직장인 3분의 1 이상이 사무실에서 일을 하며 점심을 때운다는 기사가 발표되기도 했습니다. 옆 자리 동료가 컴퓨터와 일심동체가 되어 있는 모습을 보면 점심거리를 사러 샌드위치 가게에 다녀오면서 좀 걸을 생각이었다 하더라도, 실제로 그렇게 하기가 쉽지는 않습니다(기분전환과 걷기 운동이 오후의 생산성을 높인다는 점을 알더라도 말입니다).

물론, 이건 잘못된 생각입니다. 배고픔을 해결하기 위해 취하는 휴식은 몸과 마음의 에너지가 바닥났을 때 나타나는 생리적인 문제를 해소합니다. 혈당이 최저로 떨어지면 배고픔을 느끼고, 신경질이 나거나 무기력해지기도 합니다. 일을 하든, 노는 중이든, 이런 느낌은 전혀 도움이 되지 않습니다.

재료를 가지고 직접 요리하는
즐거움을
느껴보세요

직접 식재료를 다듬고 요리하면 단순하지만 특별한 즐거움을 느낄 수 있습니다. 창의성을 발휘해서 마음에 드는 음식을 만들어보세요. 이런 저런 재료를 조금씩 넣고, 섞어서, 끓이고, 약간 간을 보다보면 마음도 편안해지고 마음 속 깊이 영혼까지 충족되는 느낌이 있습니다. 요리, 특히 베이킹은 반죽을 주무르고 장식을 한다는 점에서 집중력을 필요로 하는 다른 창의적 활동과 같은 효과를 얻을 수 있습니다. 음식에서 나는 맛있는 냄새는 여러분을 더 나은 사람으로 만들어 줄 수도 있습니다. 프랑스의 한 연구에 따르면, 갓 구운 빵 냄새를 맡은 사람들이 지나가는 사람들에게 자발적으로 도움을 주었다니, 흥미롭지 않은가요?

언뜻 보면 좀 이상한 상관관계지만, 이런 결과가 나온 이유는 아마도 빵이나 베이킹에 쓰이는 바닐라 향이 어린 시절의 행복한 기억, 즉 빵집에 가던 기억이나 끈끈한 빵 반죽을 만들던 기억을 떠올리게 하기 때문일 수 있다고 하네요. 이렇듯 좋은 음식이 주는 즐거움은 아련한 향수를 불러일으키는 효과가 있고, 나를 행복하게 하는 음식을 준비하다보면 뮤지컬 〈올리버!〉에서 올리버 트위스트가 말하던 '그 배부른 느낌', 즉 만족스럽고, 행복하고, 평온한 느낌을 맛볼 수 있을 것입니다.

좋은

진정한 ♥ 원

오귀스트

음식은

행복의

천이다

차 한잔

의 여유

저녁 6시가 다가온다. 느낌으로 알 수 있다. 아이들이 기다리는 크리스마스 이브만큼 강렬하진 않지만, 이때쯤 되면 항상 6시가 다가온다는 느낌이 슬금슬금 찾아든다. 6시 정각에 차를 마시는데, 이렇게 부실한 존재일지언정 그 순간만큼은 축배를 드는 듯 즐겁다. 마음을 평화롭게, 행복하게 하는 힘이 바로 내 손 안에 있는 기분이랄까. 아름답고 넓적한 0.5리터짜리 니켈 주전자에 물을 부어넣는 일조차 즐겁다. 인내심을 갖고 물이 끓기를 기다린다. 주전자의 휘파람 소리와 물이 노래하는 소리를 들으며.

나에게는 엄청난 크기에, 둥글고 깊은 빨간 벽돌색 웨지우드 머그잔이 있다. 카페 센트럴에서 구입한 차에서는 시골길 풀 냄새가 난다.

우러난 차는 신선한 건초처럼 금빛이 도는 노란색. 너무 짙게 우러나는 일이 없이, 밝고 여린 빛깔로 우러난다. 차에 집중하며 천천히 마신다. 차가 들어가며 온몸의 신경이 깨어나는 느낌이다. 세상 모든 일이 견딜 만하고, 가벼워진 것 같다.

6시에 마시는 차 한 잔은 언제나 틀림없이 휴식이 되어준다. 매일 그 전날과 마찬가지로 차 마시는 순간을 손꼽아 기다리고, 마신 차를 기꺼이 내 존재의 일부로 받아들인다.

『프라터의 일몰』Sonnenunterganag im Prater
페터 알텐베르크 Peter Altenberg

오감^{五感}을 이용하여
초콜릿 먹기

우선 초콜릿 포장을 천천히 벗겨냅니다. 알루미늄 호일이 찢어지는 소리와 초콜릿 일부를 떼어낼 때 나는 소리를 들어 보세요.

초콜릿의 색을 살피고, 초콜릿을 코 주변으로 가져가세요. 내 팔의 움직임을 느끼면서, 깊이 숨을 들이마시고 초콜릿 향을 음미하세요.

초콜릿을 엄지와 집게손가락으로 집으세요. 어떤 느낌인가요? 온기가 느껴지나요? 부드럽거나 미끄러운가요?

초콜릿을 먹고 싶다는 생각이 드는지 느껴보세요. 입 안에 얼른 집어넣고 싶다는 충동을 누르기가 어려운가요?

이제 눈을 감고 초콜릿을 입으로 가져가서 혀 위에 조심스럽게 올려놓으세요. 잠시 초콜릿이 입 안에서 녹기를 기다리세요. 어떤 맛인지 설명할 수 있나요?

혀를 이용해서 초콜릿을 입 안에서 조심스럽게 움직이세요. 이 사이에서 움직이다가 깨물어보세요. 입 안에서 터지는 맛에 집중하세요. 천천히 감각에 집중하며 초콜릿을 씹어보세요.

주의를 기울이면서 먹는 경험이 얼마나 강렬하게 감각을 자극하는지 인지하세요. 이렇게 맛에 집중하면 몸의 감각이 깨어납니다.

Choco-Late을
먹기에
너무 늦은
(Late)

시간은 없다

마음에
위안을 주는

치킨 누들 수프 뜨끈한 김이 나는 치킨 스프 한 그릇에는 대단한 힘이 있습니다. 코를 훌쩍이느라 학교도 못 간 날, 잠옷 바람으로 소파에 앉아서 마음껏 응석을 부리고 온갖 보살핌을 받았던 어린 시절의 추억을 떠올리게 하지요. 닭 육수는 맛이 담백하지만 깊고 진하며, 따뜻하고 든든하지만 결코 속을 더부룩하게 하지 않습니다. 기본적인 치킨 수프 레시피를 바탕으로 마음이 끌리는 대로 요리해보세요. 생강, 칠리, 간장을 더해서 아시아풍으로 즐기거나 다진 토마토와 약간의 크림을 넣고 파르메산 치즈를 갈아 넣어서 지중해풍으로 즐겨보세요.

소울푸드

옛날식 과일 케이크 던디 케이크^{Dundee cake}*라든지. 사실, 케이크면 다 좋죠.

라이스 푸딩 호불호가 갈리는 음식이긴 하지만, 좋아하는 사람들은 계피가루나 육두구를 뿌린 뜨거운 라이스 푸딩에 도저히 거부할 수 없는 매력을 느낀다고 해요.

직접 만든 잼이나 마멀레이드를 바른 토스트 잼은 워낙 만들기도 쉽고 결과물이 만족스럽기도 하지만, 또 끝내주게 맛있기도 하죠. 로건베리나 오디로 직접 잼을 만들거나 장미 꽃잎을 넣은 젤리를 만들어보세요. 가게에서는 살 수 없는 잼을 직접 만든다는 사실이 만드는 과정을 더욱 즐겁게 합니다.

정말 맛있는 빵 직접 만들었다면 더 좋죠. (이스트 대신 소다를 넣어서 부풀린 아일랜드식 소다 빵은 만들기도 쉽답니다.)

볼로네제 소스 천천히 오랫동안 끓이면 끓일수록, 더 깊고 풍부하며 흥미로운 맛이 납니다. 꼭 월계수 잎, 레드 와인, 질 좋은 육수를 넣고 만드세요.

> ### 여러분의 소울 푸드는 무엇인가요?

*던디 케이크: 스코틀랜드의 전통 요리로, 아몬드를 넣은 과일 케이크입니다.(역주)

상차림
의
미학

상차리기는 단순한 집안일이 아니라 기대감과 행복이 함께 어우러지는 일입니다. 곧 있을 맛있는 식사를 즐거운 마음으로 준비하는 일이지요. 어울리는 커트러리를 고르고, 두꺼운 린넨 냅킨을 접거나 종이를 접어서 테이블 세팅을 하면 식사를 준비하는 사람의 노고를 인정하고 존중하는 마음이 느껴집니다. 신중하게 선택한 꽃을 두거나 반짝이는 초를 올려서 테이블을 아름답게 장식하면 평상시의 식사도 근사하고 특별한 행사로 변신합니다. 식사를 함께 하는 손님을 위하는 집주인의 마음씀씀이가 드러나는 한편, 대화와 소통이 이뤄지고 즐거운 시간을 보낼 수 있는 분위기가 마련됩니다.

'진정한 '소울 푸드'는

만드는 과정에서도 위안을 줍니다.
그러니
'빨리 만들어 버리려고'

하지 마세요.

요리하는 의식을 즐길 수 있도록

'나에게
소중한'

충분한
시간을
가지세요.

레시피를 선택하세요. '좋아하는 음악'을 틀어놓으세요.

잠시 긴장을 풀고 순간을 즐기세요.

제이미

그리고 정말

'자랑스러운'

음식을 만들어보세요. 그리고 음식 맛을 내는
비밀 재료를 잊어버리면 안 되겠죠.

사랑 말이에요. '가장 가깝고 가장 사랑하는'
사람들과 음식을 나누세요. 그러면서

'생각'하고 '기억'하는,

그런 의미 있는 시간을

함께 하세요.

올리버

언제부터인지 기억도 나지 않을 정도로 오랫동안 아무리 해도 빠지지 않는 살 몇 킬로그램 때문에 고민하고 있다면, 이제 식습관을 돌아봐야 할 때입니다. 체중 감량 효과가 상당한 최면술은 사람들에게 감각에 집중하면서 식사하고, 포만감을 느끼는 신호를 인지하게 함으로써 효과를 발휘합니다. 앞에 소개한 초콜릿 먹기 활동처럼, 식습관에 대한 명상은 우리가 먹는 음식에 대해 좀 더 분명히 인지하게 합니다.

연구에 따르면, 우리 뇌가 포만감을 느끼기까지에는 20분 정도가 걸립니다. 그러니 빨리 먹는 습관이 있거나, TV를 보면서 또는 다른 일에 집중하면서 식사를 하다보면 포만감을 느끼는 양보다 많이 먹을 가능성이 훨씬 높습니다. 더구나 음식에 집중하지 않으면 우리의 소화기관은 '대기 중'인 상태라고 여깁니다. 인체에서 본능적으로 싸울 것이냐, 아님 도망갈 것이냐를 고민하는 순간처럼 말이지요. 그러니 차분하게 앉아서 식사할 때만큼 소화가 잘될 수가 없는 것이 당연합니다.

DATE

오늘 언제 마음의 평화를 느꼈나요?

오늘 감사할일이 있었나요?

오늘의·중요한·사건
세 가지를 뽑아본다면 무엇 인가요?

책을 마치며...

마음챙김 명상에는 여러 가지 장점이 있지만, 특히 좀 더 긍정적으로 세상을 바라보게 된다는 장점이 있습니다.

행복에는 정말 다양한 모습이 있지만, 가끔은 아주 소소한 기쁨이 큰 행복으로 느껴질 때가 있습니다. 여기에 저희 Calm 팀이 꼽은 행복을 목록으로 정리해보았습니다. 읽어보시고 옆 페이지에 여러분만의 목록을 만들어보세요. 아무리 엉뚱한 생각이라도 괜찮습니다. 생각만해도 미소가 지어질 거예요.

- 서점의 푹신한 의자
- 나비
- '뻥' 소리 나는 새 유리병 뚜껑 열기
- 새 치약 튜브
- 사탕가게의 사탕
- 폴라로이드 사진
- 새하얀 종이와 날카롭게 깎은 연필
- 수박
- 번개 친 다음의 공기
- 아주 까다로운 퍼즐을 다 맞추는 일
- 손으로 직접 쓴 감사 카드
- 아침에 햇빛을 받으며 잠에서 깨는 것
- 폭포 뒤에 서 있기

- 야간열차 침대칸에서 잠들기
- 귀신 이야기
- 종이에 인쇄된 일요일자 신문
- 옥수수 위에 녹은 버터
- 귀마개
- 눈 위에 누워서 팔다리 휘젓기
- 나무로 만든 롤러코스터
- 어린아이의 속눈썹
- 팝콘 만들기
- 완벽하게 잘 익은 토마토
- 진짜 재미있는 고전 영화

나를 행복하게 하는 것들

'이 말 밖에
달리 드릴 말씀이 없습니다.
감사하고,
감사하고,
또 감사합니다.'

『십이야(Twelfth Night)』 윌리엄 셰익스피어이 책이 세상에 나오기까지 너무나 많은 분들이 도움을 주셨습니다. 그분들 모두에게 감사의 마음을 전합니다. 캐서린 파슨스[Kathryn Parsons], 말콤 스코빌[Malcom Scovil], 셰드 시모브[Shed Simove], 알렉스 윌[Alex Will], 닐 포터[Neil Porter], 에네스 알릴리[Enes Alili], 스티브 헨리[Steve Henry], 구르민더 파네사르[Gurminder Panesar], 매트 숀[Matt Shone], 벤 다울링[Ben Dowling], 케이트 프루이트[Kate Pruitt], 사모 크랄[Samo Kralj], 폴 래프리지[Paul Laughrige] 맬컴 튜[Malcolm Tew], 크리스틴 튜[Christine Tew], 마이크 튜[Mike Tew], 윌 튜[Will Tew], 닉 설리반[Nick Sullivan], 콜레트 스미스[Colette Smith], 찰스 스미스[Charles Smith], 아나 액턴[Anna Acton], 벤 헐[Ben Hull], 마리 파슨스[Marie Parsons], 제임스 파슨스[James Parsons] 모두에게 감사드립니다. 이제 친구나 다름없는 펭귄 출판사의 베네티아 버터필드[Venetia Butterfield], 존 해밀턴[John Hamilton]과 디자인팀(세라, 앨리슨, 제스, 리처드, 크리스, 질, 앨리스), 캐럴라인 프리티[Caroline Pretty]와 허마이어니 톰슨[Hermione Thompson]에게도 감사의 인사를 드립니다. 특히 이 책에 소개된 훌륭한 명상 프로그램 전부를 제공해 준 타마라 레비트[Tamara Levitt]에게 감사드립니다. 알렉스와 저는 또한 Calm 앱 사용자 분들 모두와 이 책을 구입해주신 독자 여러분께도 감사합니다. 마음챙김을 위한 여정을 시작하신 것을 환영하며, 앞으로도 함께 해주시기를 부탁드립니다. 저희는 여러분의 피드백과 의견을 항상 기다리고 있습니다. 트위터 @calmdotcom에서 저희의 온라인 커뮤니티를 만나보시거나 알렉스(@tewy)나 저(@acton)를 팔로우해주셔도 좋습니다.

우리가함께 하는 사람들이 우리의 삶을 결정합니다. 세상에는 크고 작게 우리의 삶에 도움을 주시는 분들이 너무나 많죠. 하지만 그분들에게 감사 인사를 할 기회를 찾기는 쉽지 않습니다.

그래서 여기에 여러분을 도와준 분들에게 감사 인사를 할 수 있는 공간을 마련했습니다. 제가 감사 인사를 했듯이, 여러분도 여러분만의 감사 편지를 적어보면 어떨까요.

KI신서 6258

Calm 이토록 고요한 시간

1판 1쇄 인쇄 2016년 8월 15일
1판 1쇄 발행 2016년 8월 20일

지은이 마이클 액턴 스미스 **옮긴이** 정수진
펴낸이 김영곤
해외사업본부장 간자와 다카히로
정보개발팀 이남경 김은찬
디자인 박선향
영업본부장 안형태 **출판마케팅팀** 김홍선 최성환 백세희 조윤정
출판영업팀 이경희 이은혜 권오권
제작팀장 이영민 **홍보팀장** 이혜연

펴낸곳 (주)북이십일 21세기북스
출판등록 2000년 5월 6일 제10-1965호
주소 (10881) 경기도 파주시 회동길 201(문발동)
대표전화 031-955-2100 **팩스** 031-955-2151 **이메일** book21@book21.co.kr

(주)북이십일 경계를 허무는 콘텐츠 리더

21세기북스 채널에서 도서 정보와 다양한 영상자료, 이벤트를 만나세요!
가수 요조, 김관 기자가 진행하는 팟캐스트 '[북팟21] 이게 뭐라고'
페이스북 facebook.com/21cbooks   블로그 b.book21.com
인스타그램 instagram.com/21cbooks   홈페이지 www.book21.com

ISBN 978-89-509-6205-0 03840
책값은 뒤표지에 있습니다.